Footloose

RUDY JOSEPHS

Footloose

Tradução de

Rodrigo Abreu

GALERA RECORD
RIO DE JANEIRO • SÃO PAULO
2011

CIP-BRASIL. CATALOGAÇÃO-NA-FONTE
SINDICATO NACIONAL DOS EDITORES DE LIVROS, RJ

J72f
Josephs, Rudy
Footloose / Rudy Josephs; tradução Rodrigo Abreu. – Rio de Janeiro: Galera Record, 2011.

Tradução de: Footloose
ISBN 978-85-01-09670-8

1. Ficção americana. I. Abreu, Rodrigo, 1972-. II. Título.

11-5940

CDD: 813
CDU: 821.111(73)-3

Título original em inglês:
Footloose

Publicado nos Estados Unidos em setembro de 2011,
por Bloomsbury Books for Young Readers.

Texto revisado segundo o novo Acordo Ortográfico da Língua Portuguesa.

Composição de miolo: Abreu's System

Direitos exclusivos de publicação em língua portuguesa somente para o Brasil
adquiridos pela
EDITORA RECORD LTDA.
Rua Argentina, 171 – Rio de Janeiro, RJ – 20921-380 – Tel.: 2585-2000,
que se reserva a propriedade literária desta tradução.

Impresso no Brasil

ISBN 978-85-01-09670-8

Seja um leitor preferencial Record.
Cadastre-se e receba informações sobre nossos
lançamentos e nossas promoções.

Atendimento e venda direta ao leitor:
mdireto@record.com.br ou (21) 2585-2002.

Há um tempo para tudo,
e uma estação para cada atividade sob o céu:
tempo para nascer e tempo para morrer,
tempo para plantar e tempo para colher,
tempo para matar e tempo para curar,
tempo para demolir e tempo para construir,
tempo para chorar e tempo para rir,
tempo para prantear e tempo para dançar.

— Eclesiastes 3

Prólogo

O ritmo pulsante da música tomava seu corpo até os All Stars cor-de-rosa de cano alto. Ela queria usar as sandálias de salto alto que tinha comprado na última viagem a Atlanta, mas havia cometido esse erro antes, naquele fim de mundo enlameado. Não importava o quanto ficassem lindas nela, sandálias de salto eram para lugares fechados, não festas doidas no meio do nada.

As solas de borracha dos tênis quicavam com a batida no chão de compensado com outras dezenas de tênis, botas e um punhado de sapatos de salto já arruinados. Os corpos pulando e balançando na pista de dança improvisada levantavam lama nas beiradas, acertando as poucas pessoas que conseguiam ficar de fora, só olhando. Cerveja derramava do copo pela metade a cada passo dela. Gritos e assobios enchiam o ar enquanto todos cantavam.

— Adoro esta música! — gritou ela por cima da batida para quem estivesse escutando.

Ela não sabia se alguém era capaz de ouvi-la. Mas não se importava com isso. A música era tudo o que interessara.

Quem quer que tivesse organizado a festa de volta às aulas era um gênio. Ficava a quilômetros de distância dos pais preconceituosos, da escola na qual ela se formaria no fim do ano e da cidade que ela mal podia esperar para deixar para trás. Apenas as árvores estavam em volta para vê-la beber alguns goles de cerveja. Para observá-la beijar Bobby na pista de dança. Fazer todo tipo de coisas pelas quais teria de pagar penitência na igreja no domingo.

Ser aceita na Universidade de Nova York trouxera a promessa de mais noites como aquela. A liberdade para celebrar uma vida feita das próprias escolhas, de cometer os próprios erros. Mas nada daquilo importava agora. Tudo o que ela queria era dançar. *Footloose*, livre, como dizia a canção.

A cerveja derramou do copo quando ela jogou os braços em volta da melhor amiga e do namorado.

— Amo vocês!

Os movimentos mudaram de uma dança livre para um passo típico de música country. Pés eram lançados para cima em uma coreografia coordenada. Ela a conhecia das horas passadas no quarto aprendendo os passos enquanto seus pais gritavam para que parasse de pular e diminuísse o "barulho".

Gira. Chuta. Vira. Pisa.

— Uhu!

— A festa está se mudando! — gritou alguém em seu ouvido. A mão quente e suada a puxou. Era Bobby. O seu Bobby.

Deixá-lo era o único arrependimento que tinha por sair de Bomont. Ela bebeu outro gole de cerveja, esperando apagar aquele pensamento triste. Aquela noite não era para arrependimentos. Aquela noite era para comemorar.

Bobby tinha levado o time à vitória no jogo de estreia da temporada algumas horas mais cedo. Eles tinham fugido da festa oficial de pós-jogo com os ex-alunos que "voltaram" ao colégio, os quais, na verdade, estavam apenas voltando do fim da rua. Quase ninguém ia embora de Bomont. Mas nenhum dos veteranos queria ficar com os pais e vizinhos quando podiam sair e se divertir. Aquela era a celebração não oficial da abertura da temporada: aquela sobre a qual os pais e professores sabiam, mas fingiam não existir. Como se simplesmente ao ignorar o que os filhos estavam fazendo, eles permanecessem anjinhos.

•••••

Ela ocupou a posição habitual no banco do carona do carro de Bobby, enquanto a melhor amiga, Jenny, se apertou no banco de trás com os rapazes. Ela estava praticamente no colo de Ronnie. Jenny vinha flertando com ele há meses. Naquela noite ele finalmente correspondera.

Era muito cedo para voltar para casa. Seu toque de recolher tinha sido estendido porque era o dia do início da temporada; seus pais deixavam passar em ocasiões especiais. Ela não tinha certeza do destino do grupo agora, mas para onde Bobby quisesse levar a festa, estava bom para ela.

A canção continuou tocando no rádio de Bobby quando ele ligou o carro. O irmão de Jenny trabalhava no turno da madrugada na estação de rádio local, fornecendo a trilha sonora sem intervalos comerciais para a festa. Nenhum dos adultos escutava rádio até tão tarde, então não reclamariam que a estação tivesse saído do habitual estilo *light* FM. Não importava se a música era mais velha que ela; apoiou os tênis cor-de-rosa sobre o painel e deixou os dedos dos pés balançarem com a música.

Os pneus levantaram poeira atrás deles quando Bobby saiu da vaga entre dois plátanos. O solavanco repentino derramou o resto da cerveja.

— Acidente de festa! — gritou ela por cima da música.

Bobby tinha bebido apenas duas cervejas e metade da dela. Ela já o tinha visto entornar quatro vezes aquilo assistindo a um jogo dos Bulldogs. Não que ela pudesse se oferecer para dirigir. A cerveja e meia que ela havia bebido era mais do que o suficiente para seu peso leve. Ela jogou o copo de plástico pela janela, aumentou a música e cantou aos berros. Mais um semestre era tudo o que faltava para a liberdade.

Sentiu tapinhas no ombro e se virou no assento. Jenny inclinou o corpo na direção dela, com a mão encostada ao corpo de Ronnie para se apoiar. Sua boca continuava se movendo, mas sua voz não conseguia competir com a música alta. Estava muito escuro no banco de trás, até mesmo para ler os lábios da amiga.

— Não estou escutando! — gritou ela para Jenny.

A repentina luz extra ajudou. Jenny estava dizendo algo a respeito de Bobby até que sua boca congelou e seus olhos se arregalaram.

Ela se virou a tempo de ver que a luz era do caminhão que vinha na direção deles.

— BOBBY!

Ela segurou o volante, mas era tarde demais. Metal bateu em metal. Seu corpo foi jogado contra a porta do carona. O carro começou a rodar. A cantoria se transformou em gritos. Sua voz ainda era a mais alta.

O carro bateu na grade do acostamento com um solavanco de chacoalhar os ossos. Veio um estalo. A grade de metal não era o suficiente para contê-los. A cabeça dela bateu no teto. Ela viu estrelas. Seu corpo quicou no banco do carona enquanto mais gritos afogavam a música.

Sua testa bateu no painel quando o carro parou de repente.

Mas estava frio. Muito, muito frio.

Bobby?

Ele não respondeu. Será que ela realmente tinha falado o nome dele em voz alta? Estava ficando mais frio.

De onde a água estava vindo?

Eles caíram no lago. Ah, é. Estavam na ponte Crosby. A água estava subindo. Ela precisava sair do carro. A música ainda tocava, mas as vozes tinham parado de cantar. Tinham parado de gritar.

A porta não abriu. Os vidros elétricos não queriam abrir. Ela empurrou a mão contra o vidro rachado, tentando sair do carro.

Sentiu uma dor no pulso. Algo nela estava quebrado como o vidro.

A água continuava subindo.

Ela estava ficando cansada. Muito cansada. Mas a noite ainda era uma criança.

A água estava muito alta.

O frio envolveu seu corpo. Aquilo fez a dor diminuir. Aquilo tornou o mundo ao seu redor mais silencioso. Tudo era mais silencioso no frio.

E na escuridão.

A música tinha acabado, mas ela ainda podia sentir a batida pulsante na água. Até o momento em que não sentiu mais nada.

Capítulo 1

Ren McCormack corria pela larga rua de Boston, as bolsas que ele carregava batiam contra seu corpo a cada passo. Os livros estavam pendurados em um ombro, o material de ginástica olímpica, no outro e o saco de papel com o remédio da mãe ainda estava na mão. Não houve tempo para guardá-lo quando ele saiu correndo da farmácia para pegar o ônibus. O próximo demoraria meia hora para passar e ele não estava disposto a esperar. Odiava deixar a mãe esperando por ele.

A mãe tinha ficado com o carro naquele dia. Ela precisava mais do que ele. Ren só o teria usado para ir e voltar da escola, deixando-o estacionado o dia todo enquanto estivesse na aula. Ele era o único calouro da escola com carteira de motorista. Seus amigos o invejavam, mas ele abriria mão do direito de dirigir em um piscar de olhos se sua mãe ao menos melhorasse.

O ônibus parou no ponto assim que ele chegou. *Consegui!* Com um suspiro aliviado, Ren entrou, mostrou o passe e teve a sorte de achar um assento vazio no meio do ônibus. Era a primeira chance que ele tinha de se sentar desde a aula de geografia.

Entrar para a equipe de ginástica olímpica foi ideia da mãe. Ela insistiu. Queria que ele fosse um adolescente normal. Como se ele tivesse alguma ideia do que era isso. Mas Ren sempre gostava de ginástica olímpica quando era mais novo.

Seu pai o matriculara na aula de basquete na ACM local quando ele cursava o ensino fundamental, ainda na época em que o pai estava por perto. O basquete durou uma semana. Ren não gostava muito de esportes coletivos, mesmo quando criança. Ele preferia equipes que o deixavam tomar as próprias decisões. A aula de ginástica olímpica era no mesmo horário da de basquete, na sala ao lado da quadra. Quase todos os alunos eram meninas, mas Ren não se importou. Ele abandonou o basquete por conta própria. Seu pai nem notou.

Uma mulher mais velha entrou no ônibus depois de alguns pontos e Ren lhe ofereceu seu assento. Ela quase recusou quando viu toda a tralha que ele estava carregando, mas Ren insistiu. Para ele não era certo ficar sentado enquanto ela ficava de pé. Obviamente, os garotos sentados duas fileiras atrás agiram como se não tivessem percebido nada daquilo.

Só faltavam alguns quarteirões para chegar, de qualquer forma. Ele podia ter saltado e andado até em casa, mas estava muito cansado por causa do treino. Sua mãe tinha razão. Era divertido. Ele até fez alguns amigos com quem provavelmente nunca teria falado na escola. O técnico dissera, inclusive, que haveria uma viagem ao exterior no ano seguinte, mas Ren sabia que nunca iria. Ele não poderia deixar a mãe sozinha por tanto tempo.

Ren reajustou as bolsas para poder tirar o iPod da mochila e colocar para tocar sua playlist favorita. Música sempre o relaxava. Entre a escola e os médicos, e agora a ginástica olímpica, sua cabeça estava sempre a mil. Mas quando ele colocava os fones de ouvido e a música tocava alto, podia se desligar um pouco e se esquecer de tudo.

Antes que ele pudesse perceber, o ônibus tinha chegado ao ponto. Ele quase passou, na verdade. Se não fosse o grupo de garotos o empurrando para descer do ônibus, continuaria sonhando acordado até o próximo ponto, ou talvez até mais longe. Ele tinha feito aquilo algumas vezes e tivera de voltar andando para casa. Normalmente acontecia quando uma música boa surgia no modo aleatório.

Ren desceu do ônibus e subiu a escada correndo até o apartamento.

— Mãe? — gritou ele.

Nenhuma resposta.

Aquilo era estranho. Mesmo nos dias em que tinha alguma tarefa depois do trabalho de meio expediente pela manhã, ela normalmente estava em casa quando ele chegava. Ainda mais estranho é que não havia nenhum recado na geladeira dizendo onde ela estava. Ele fez uma busca rápida pelo apartamento para se assegurar de que tudo estava em ordem. Não demorou muito, já que era um quarto e sala. Ren dormia no sofá-cama na sala. Eles a chamavam de "suíte master" para fazer parecer que ele saíra beneficiado do acordo, pois seu quarto tinha o dobro do tamanho do de sua mãe.

Ela não estava no "quarto de hóspedes" nem no banheiro. Provavelmente tinha apenas se atrasado em uma de suas tarefas, mas Ren não podia evitar uma irritante preocupação. Ele se sentia dessa forma muitas vezes, normalmente por nenhuma razão. A mãe sempre pegava no seu pé por causa disso. Ela o chamava de poço de preocupação. Mas Ren sabia que ela odiava que ele se preocupasse tanto com ela.

Enquanto vasculhava a casa, ele percebeu que o banheiro não recebia uma boa limpeza há algum tempo. Precisava cuidar daquilo. Não era bom quando o apartamento começava a ficar cheio de germes. Havia questões de saúde a considerar.

Ele tirou os fones de ouvido do iPod e o ligou nas pequenas caixas de som portáteis para poder encher o apartamento de música. Sua mãe gostava de chegar em casa com música. Não apenas coisas da geração dela, também escutava as bandas favoritas de Ren. Eles sempre deixavam uma música tocando quando estavam em casa. Ele tinha inclusive preparado uma playlist especial para ela relaxar enquanto estivesse fazendo hemodiálise.

Ren estava com o braço enfiado no vaso sanitário até a altura do cotovelo, cantando junto com a música, quando a porta da frente se abriu.

— Ren? Ren!

— No banheiro!

— Bem, venha até aqui, tenho novidades!

— Já estou indo.

Ren foi até a pia para lavar as mãos. Mal tinha acabado de ensaboá-las quando a mãe o chamou novamente.

— Estou indo! — gritou ele de volta.

Não entendia por que ela não parava de chamá-lo. A porta estava aberta; ela poderia simplesmente andar até ali.

Ele secou as mãos e foi até a sala. A mãe estava dançando a música que saía do iPod quando ele saiu. Quando o viu, ela fez uma pose como se mostrasse um novo modelito, mas estava vestindo exatamente a mesma roupa de quando ele saiu para a escola. Nem mesmo os cabelos tinham mudado.

— Adivinhe! — perguntou ela.

— O quê?

— O médico disse que minha condição está se estabilizando. Eu talvez possa até parar de fazer hemodiálise em pouco tempo!

A música ainda tocava, mas Ren não podia escutar nada além das batidas fortes do próprio coração. A mãe tinha dito isso mesmo? Será que finalmente havia uma luz no fim desse longo e escuro túnel? Alguma esperança de que ela pudesse realmente melhorar? Ele mal podia acreditar naquilo.

— Sério? — perguntou ele.

Ela sorriu.

— Você não vai se livrar de mim ainda.

Ren correu e abraçou a mãe da forma mais delicada que sua animação permitiu. Assim que ela estivesse mais forte, ele seria capaz de abraçá-la com toda sua força, mas até então ele teria que ser cuidadoso.

Quando se soltaram, a mãe começou a se mover no ritmo da música.

— Isso pede uma comemoração — disse ela. — Aumente a música.

Ren fez o que ela mandou, então segurou a mão da mãe e eles dançaram.

• • • • •

Ariel Moore segurava firme a mão da mãe enquanto as lágrimas corriam por seu rosto. Duas semanas se passaram desde a morte de Bobby. Seu irmão mais velho já estava debaixo da terra. No solo escuro e gelado. Sozinho.

O monte de flores e velas deixadas em homenagem do lado de fora da cerca gradeada que envolvia a Bomont High School tinha sido renovado algumas vezes. A coleção de fotos e cartões continuava a crescer, como se cada lembrança da cidade estivesse exposta.

Bobby e os amigos haviam partido. Ariel sentia saudades até da namorada dele, de quem ela jamais tinha realmente gostado. Aquilo não impediu Ariel de culpar a garota, no entanto. Ela fizera tanta questão de sair da festa oficial do jogo de abertura na escola. Claro que a festa era horrível, mas Ariel estava lá. Bobby não teria saído se sua namorada não o tivesse obrigado.

Esses eram os pensamentos terríveis enchendo a cabeça de Ariel. Ela não deveria tê-los. Não agora, nem nunca mais. Seu pai ficaria muito desapontado.

Nenhum dos veteranos ficara para a festa: eram basicamente só os calouros e os pais. Mas todos na cidade culpavam Bobby pelo acidente, porque ele era o motorista. Parecia apenas justo que mais alguém dividisse a culpa, pelo menos na cabeça de Ariel.

— Ele está nos testando — disse o pai de Ariel a todas as pessoas reunidas.

O reverendo pregava para sua congregação, mas eles não estavam na igreja. Era um encontro oficial do conselho municipal, um em que ninguém protestaria contra a mistura de Igreja e Estado se o conselheiro/reverendo/pai de luto quisesse falar algumas palavras.

— Nosso Pai está nos testando — continuou o reverendo Shaw Moore. — Especialmente agora, quando o desespero nos consome. Quando perguntamos a nosso Deus "Por quê? Por que isso aconteceu?".

Essa era apenas uma das perguntas que Ariel queria que fosse respondida. A outra principal era: por que todas essas pessoas a sua volta estavam tão irritadas? Por que culpavam Bobby? Foi um acidente. Um acidente horrível. Qual era o sentido de culpar *qualquer um*?

— Nenhum pai deveria conhecer o horror que é enterrar o próprio filho — disse o pai dela de seu assento no conselho. — E, mesmo assim, cinco dos mais brilhantes de Bomont perderam a vida. Quando falamos do artigo de exportação mais precioso de Bomont, não estamos falando de algodão ou milho. Nosso produto de exportação mais precioso são nossas crianças.

A mãe de Ariel apertou a mão da filha com mais força enquanto os olhos do pai ficavam fixos nela. Os dois estavam mais próximos dela desde a noite da morte de Bobby. Aquela noite horrível. Ninguém nem pensou em acordá-la. Eles queriam que ela dormisse como uma criança. Como um bebê novo demais para ouvir as notícias. Ela acordou na manhã seguinte e teve que perguntar por que todo mundo estava em casa. Por que eles choravam. Por que seu pai já estava resolvendo questões na cidade.

Seus pais tinham ficado de olho nela desde então, nunca se afastando muito... se assegurando de que ela não sairia de casa. De que eles sempre soubessem onde ela estava. Era bom tê-los por perto, mas era sufocante ao mesmo tempo.

— Um dia eles não vão mais estar ao alcance de nosso abraço, ou sob nossos cuidados — continuou o pai. Ela percebia que ele queria sair da cadeira. Ele normalmente fazia o sermão de pé atrás do púlpito. — Eles pertencerão ao mundo. Um mundo cheio de maldade, tentação e perigo. Mas até esse dia, é nossa obrigação protegê-los. — A mãe segurou a mão dela ainda mais forte. — *Essa* é a lição a se tirar dessa tragédia. Esse é o nosso teste. Não podemos estar ausentes das vidas de nossos filhos.

Ariel não entendeu aquela última parte. Seus pais não estavam ausentes. Para falar a verdade, estavam presentes até demais. Fazia sentido, considerando tudo, mas era difícil para ela. Algumas vezes ela queria apenas ficar sozinha. Ficar de luto sozinha. Da própria maneira.

O diretor Dunbar assumiu os trabalhos. Ele estava segurando as pontas melhor que o pai de Ariel, mas aquilo não era uma surpresa. Ele nunca ficava emotivo quando havia alunos a sua volta. Dunbar sofrera uma perda também, mas ela nunca esperou que ele demonstrasse aquilo em público.

— As seguintes medidas serão lidas e votadas adequadamente — leu o diretor Dunbar na folha de papel à sua frente. Ariel tinha visto uma cópia daquele papel na escrivaninha do escritório do pai, então ela sabia o que estava prestes a acontecer. Todos tinham ouvido os rumores, mas ela era uma das poucas pessoas que sabia com certeza.

— Um toque de recolher para menores de 18 anos terá efeito imediatamente — disse o diretor Dunbar. — Menores devem estar em casa até as 22 horas nos dias de semana e às 23 horas nos fins de semana. Todos a favor digam "de acordo".

O conselho respondeu rapidamente com seus "de acordos" unânimes. O diretor Dunbar bateu o martelo sobre a mesa e anotou o voto. Ariel não ligou muito para o toque de recolher; aquela já era regra para ela, de qualquer forma. Era a regra para Bobby quando tinha a idade da irmã, mas seus pais deixavam passar ocasionalmente. Agora que tinha se tornado lei, aquela flexibilidade estava perdida.

O diretor Dunbar continuou a ler a lista de novas regras.

— Medidas punitivas serão tomadas contra qualquer indivíduo, grupo ou dono de propriedade que organizar uma reunião pública em que menores participem de atividades inapropriadas. — O martelo bateu na mesa novamente. — Tais atividades incluem o consumo de álcool; atividade sexual inapropriada, escutar música vulgar ou degradante em som alto, ou participar de danças obscenas ou lascivas. Todos a favor digam "de acordo".

— De acordo — ecoou o conselho.

Aquela regra fazia menos sentido para Ariel, mesmo depois de ter visto por conta própria e pensado no assunto. "Inapropriada" era uma palavra tão vaga. Quem iria determinar o que era inapropriado? Ela entendia a parte sobre bebidas e drogas. Mas o que tornava dançar "obsceno"? Seus pais cresceram nos anos 1970. Havia muita dança obscena naquela época, mesmo em Bomont.

Ariel se encolheu com a batida do martelo, como se o *estalo* da madeira fosse o som da liberdade desaparecendo.

— Um código de vestuário terá efeito no início do próximo ano letivo — disse o diretor, com uma batida ainda mais rápida do martelo.

Aquela fora a regra mais fácil de fazer, ela ouvira o pai dizer. Era também a que, de forma alguma, teria impedido o que aconteceu a Bobby. Ela teve vontade de ressaltar aquilo, mas segurou a língua. Não era hora de discutir.

Eles estavam chegando à última nova lei. Era a lei sobre a qual sua amiga, Rusty, vinha lhe perguntando desde o funeral. Ela não podia acreditar que fosse verdade. Mas Ariel sabia que era. Ela a tinha visto, preto no branco.

— Não haverá demonstrações públicas de dança, a não ser aquelas supervisionadas e como parte de um evento escolar, cívico ou religioso — leu o diretor. Houve surpreendentemente pouca reação das pessoas a esse anúncio. Tudo o que ela ouviu foram os choros abafados que se faziam presentes durante toda a reunião. — Fora dessas instituições autorizadas, a dança em público entre os menores de Bomont significará violação da lei. Todos a favor, digam "de acordo".

O conselho foi um pouco mais lento para votar aquela questão. Ariel podia entender por quê. Não era como se Bomont tivesse uma tradição de boates, mas aquilo significava que não se poderia dançar mais em churrascos ou festas, ou qualquer outro evento aleatório. Significava que as pessoas não poderiam mais se divertir pela simples vontade de se divertir.

Um a um, os membros do conselho anunciaram seu apoio à lei. Ariel deveria ter falado algo quando viu a lista na escrivaninha do pai, pelo menos perguntado a ele sobre aquilo, mas não era a hora certa. Estava bastante claro que o pai sabia que ela não gostava das leis. Ela podia ver quando seus olhos se encontraram, na vez dele de votar.

— Reverendo? — disse o diretor Dunbar. — Seu voto, por favor.

Não faça isso, pai.

Com os olhos ainda fixos na filha, o reverendo Moore deu o último "de acordo", tornando aquilo uma lei.

Capítulo 2

Três anos depois

O ritmo descompassado das rodas do ônibus embalou Ren em um estupor. Trancos e solavancos aleatórios compunham a trilha sonora da viagem quando as rodas passavam sobre buracos na estrada e transpunham mais animais atropelados do que ele já havia visto nas ruas de Boston. Ele queria poder escutar o iPod, mas a bateria tinha acabado completamente havia quatro Estados. Aquele era o terceiro ônibus em que ele fora trancafiado durante mais de 30 horas de viagem sem paradas suficientes para descansar. As costas e o pescoço doíam e os pés estavam dormentes, mas Ren ainda não conseguia se animar por estar perto da parada final. Ele não estava muito animado para chegar ao seu destino.

A placa do lado de fora da enorme janela do ônibus lhe dizia que ele estava quase lá: Bomont, Geórgia. População: 11.780. Era menor que o corpo discente da Universidade de Boston. Era nela que Ren gostaria de estudar quando ainda ousava sonhar com a faculdade. Principalmente porque ele queria ficar perto de casa. Mas "casa" já não significava o mesmo de antes.

O ônibus seguiu até uma praça cercada de velhos prédios de tijolos. Estava bastante agitada para um sábado de manhã. Algum tipo de feira livre estava montada, com pessoas vendendo frutas e vegetais que provavelmente tinham colhido nas fazendas naquela manhã. *Que pitoresco.*

Existia algo assim também em seu velho bairro em Boston, no terceiro sábado de cada mês. Ren sempre conseguia boas barganhas por lá e comprava os ingredientes para os jantares da semana quando era sua vez de fazer as compras. A comida era boa, mas ele ia, na verdade, por causa da mistura doida de personagens.

Em seu velho bairro, aspirantes a rastafári pechinchavam com profissionais urbanos ascendentes o preço dos morangos. Artistas de rua pintavam seus corpos de prateado e dourado, tocavam bongôs em uma semana e violino na semana seguinte. A drag queen voltando para casa depois de uma noite de sexta-feira em várias boates era presença obrigatória.

A cor local em Bomont era um pouco mais sem graça. Jeans e camiseta era a norma. De vez em quando, calças cáqui e camisas polo se misturavam. Era uma cidade pequena, perdida no tempo. Mesmo as crianças, recém-saídas do banho e lambendo seus sorvetes pareciam vindas diretamente de uma daquelas velhas pinturas de Norman Rockwell que figuravam em todos os consultórios médicos em que Ren já havia entrado.

Ren não era um grande fã de Norman Rockwell. Ele preferia Jackson Pollock ou Picasso. Aquelas eram as pinturas pelas quais ele se interessava quando a mãe o levava ao museu, com entrada grátis, às quartas à noite em sua infância. Em uma vida passada.

O ônibus parou no meio-fio com um chiado que ecoava os sentimentos de Ren a respeito do local. Ele pegou a mala no compartimento superior e seguiu até o fim do corredor. O total de suas posses mundanas coubera na mala de lona de estilo militar que ele costumava usar para carregar o material de ginástica olímpica. Todas as outras coisas, incluindo o carro, tinham sido vendidas para pagar os gastos médicos e as despesas com o funeral.

A porta do ônibus se fechou rapidamente atrás dele e o motorista arrancou, deixando-o sozinho no meio-fio. Ninguém mais desceu naquela estação. Ele era a única pessoa que tinha Bomont como destino.

Respirando o ar fresco do campo, Ren seguiu o caminho de que mal se lembrava desde a última visita. O lugar parecia maior naquela época, mas apenas porque ele era muito menor. Aquilo tinha sido antes de a mãe ficar doente... na época em que o único problema deles era um pai desaparecido, o que não representava mesmo um problema tão grande assim.

Ren esperou um trem, que se movia lentamente, cruzar os trilhos e foi para a Warnicker Automóveis. A concessionária do tio não parecia nem um pouco diferente do que era na última visita, há anos. A única coisa que tinha mudado eram os carros. Alguns deles talvez já estivessem por ali ainda naquela época.

Era impossível acreditar que as meninas sentadas no banco dianteiro de um conversível em um mostruário elevado eram suas primas. Sarah não se parecia em nada com a criança de que ele se lembrava da última viagem a Bomont. Amy não havia nem nascido ainda. De acordo com os últimos cartões de aniversário que a mãe o tinha obrigado a assinar para elas, Sarah tinha 9 anos e Amy tinha 6.

As meninas estavam se divertindo muito no carro. Provavelmente imaginando que estavam indo embora de Bomont.

Sarah estava ao volante, fingindo dirigir, enquanto Amy estava no assento ao lado. A princípio, Ren achou que ela estava acenando para ele, mas logo percebeu que ela acenava para amigos invisíveis pelos quais passavam no passeio imaginário de carro. Isso mudou quando a cabeça dela girou na direção de Ren e os acenos se tornaram mais frenéticos.

— Mamãe! — gritou Amy. — É Ren! Ele chegou!

Nada como a animação descontrolada de uma criança de 6 anos para fazer uma pessoa se sentir bem-vinda. As duas meninas saíram do carro e correram na direção de Ren, gritando seu nome, enquanto tio Wesley e tia Lulu terminavam de falar com um cliente. Ren deixou a bolsa cair quando as meninas pularam em seus braços, o envolvendo com abraços exuberantes que ele não sentia há um bom tempo.

— Eu queria que você dormisse no meu quarto, mas a mamãe disse que não podia — disse Amy, com a decepção de uma criança que não percebe que existe uma diferença entre ter 6 anos e 17.

— Mentira — disse Ren, entrando na brincadeira. — Achei que você e eu íamos construir um forte.

Sarah era um pouco mais reservada que a irmã, mas mesmo assim mostrava felicidade em vê-lo:

— Como você está, Sarah? — perguntou Ren, enquanto as duas se agarravam a ele. — Caramba, vocês estão enormes.

Ele conseguiu se soltar quando a tia Lulu se aproximou. Seu abraço era menos animado, mas, ainda assim, cheio de emoção, como se estivesse passando uma mensagem de apoio:

— Oi, querido, espero que tenha conseguido dormir naquele ônibus.

— Dormi o suficiente — disse Ren quando se separaram. — Não se preocupe, Lulu.

Ren esperava ver o reflexo da mãe no rosto do tio, mas mesmo assim foi como um soco no estômago ver olhos como os dela cheios de vida novamente. Eles não eram idênticos de forma alguma, mas próximos o suficiente para Ren sentir uma pontada de tristeza.

— Ei, Wesley — disse ele, estendendo a mão.

— Wesley? — perguntou o tio, enquanto eles se cumprimentavam. — Você costumava me chamar de "titio Wes". Ficou muito grande para isso?

Ren apenas sorriu, sem ter certeza se o tio estava brincando. Ele vinha chamando os adultos pelo primeiro nome há anos. Enfermeiras. Profissionais de seguradoras. Cobradores. Aquilo ajudava a colocá-lo em uma posição de igualdade com pessoas muito mais velhas que ele.

— Ele não é mais um bebê — disse Lulu. — Está crescido, robusto.

Sarah deu uma risadinha.

— Mamãe falou busto.

— Sarah, olhe o linguajar — disse Wes.

— O Senhor tenha piedade — disse Lulu levemente. — Alguém está com fome?

Ren não estava apenas com fome, estava faminto. Sua última refeição tinha sido ovos moles e torradas queimadas em alguma lanchonete na divisa do Estado ao amanhecer. Seria capaz de comer praticamente qualquer coisa que botassem em sua frente, mas aquela comida estava particularmente horrível. Ele deixou a maior parte dela boiando na gordura do prato.

Wes deixou a concessionária nas mãos de um de seus vendedores e todos se amontoaram no carro da família. Ren queria ficar olhando pela janela, para se familiarizar com a cidade, mas Amy e Sarah dispararam tantas perguntas sobre Boston que tomaram toda sua atenção.

Wes e Lulu provavelmente as advertiram a respeito de lhe fazer perguntas sobre a mãe, porque as meninas se mantiveram longe do assunto. Ren estava feliz com aquilo. Ele não se sentia pronto para falar sobre os meses finais da mãe, depois que as coisas tomaram o pior dos rumos no começo do ano. Ele não tinha certeza do quanto as meninas sabiam sobre tudo aquilo, mas duvidava de que elas tivessem escutado muita coisa. Provavelmente sabiam apenas que a tia que elas viram somente algumas vezes estava doente e que o primo com quem elas falavam ao telefone de vez em quando iria morar com eles agora.

Como a concessionária, a casa de Wes ainda era exatamente como Ren se lembrava. Bomont não parecia mudar muito, pelo que Ren havia percebido. Ele já estava se preocupando com a possibilidade de ficar congelado no tempo como a cidade e nunca ir embora. Sua mãe não gostaria que ele pensasse daquela forma; ainda nem tinha entrado na casa do tio, e já estava sonhando em fugir.

As meninas correram para dentro para poder colocar as roupas de banho. Elas contaram a Ren tudo sobre a piscininha no caminho para casa.

O ar estava quente e úmido o suficiente para ele quase aceitar a oferta e se juntar a elas na água fria, mas Ren não tinha roupa de banho. Na verdade, ele quase não tinha roupa nenhuma. Um recente surto de crescimento acabara com grande parte de seu guarda-roupa e não havia muito dinheiro disponível para substituir tudo. Ele se contentou em fazer o papel do primo mais velho, segurando a mangueira para molhar as meninas e aproveitar a névoa gelada da água enquanto os tios preparavam a comida na churrasqueira.

Levou apenas alguns minutos para o almoço ficar pronto. As meninas se secaram e todos se reuniram na mesa grande do quintal. Ren ocupou o lugar vazio entre Amy e Sarah para evitar a discussão que estava começando a se formar sobre quem se sentaria ao lado dele.

O almoço tinha um cheiro delicioso. Por algum motivo, cozinhar ao ar livre fazia os hambúrgueres e salsichas servidos parecerem mais especiais. Não se cozinhava muito ao ar livre em Boston.

Ren estava pronto para atacar quando a pequena mão de Amy puxou a dele. O primo parou a tempo de ver todo mundo em volta da mesa dar as mãos para formar um círculo. Ele rapidamente afastou os talheres da comida e deu a mão esquerda à Amy e a direita à Sarah.

— Certo — disse Wes. — De quem é a vez?

Sarah olhou para o primo.

— Eu seria a próxima, mas agora Ren está sentado à mesa. Não deveria ser a vez dele?

— Minha vez de quê? — perguntou Ren.

Ele suspeitava saber a resposta, mas torcia para estar enganado.

— Sua vez de fazer a oração — disse Amy tranquilamente.

Droga. Ele não estava enganado. Ren não tinha um relacionamento muito bom com Deus. Ao longo dos anos, tinha praguejado contra Ele tanto quanto rezava em Seu nome. E suas preces eram mais pedidos diretos, como "Não deixe minha mãe morrer". Ele não sabia nenhuma oração de verdade.

— Sim — disse ele, tentando ganhar tempo. — Não sei se eu seria muito bom nisso. Por que vocês não me pulam e Sarah faz as honras?

Felizmente, o tio não insistiu. Wes apenas acenou com a cabeça para a filha mais velha.

— Vamos, querida. Mande ver.

— Certo — disse Sarah. — Todos abaixem a cabeça.

Ren ficou observando enquanto Wes, Lulu e as meninas fechavam os olhos e abaixavam as cabeças. Ele pensou em fazer o mesmo, mas seria apenas fingimento. Ele não tinha muito para dizer a Deus. Nada de bom, pelo menos. Ele apenas ficou sentado ali, olhando para o nada, imaginando o que estava fazendo em Bomont e como sairia de lá.

Capítulo 3

Então era isso. O lugar que Ren chamaria de lar até se formar. O novo quarto não era muito mais do que uma caixa de três por três com uma cama, uma cômoda e um pequeno banheiro ao lado, mas para alguém acostumado com pouco, aquilo era mais do que o suficiente.

Aquela era a primeira vez em anos que Ren tinha o próprio quarto com uma porta que ele podia fechar quando quisesse ficar sozinho. Ainda melhor, era o próprio espaço pessoal, construído ao lado da garagem e totalmente separado da casa. O quarto tinha entrada própria e as paredes não eram adjacentes a nada, a não ser à garagem ao lado. Menos chance da tia ou do tio o mandarem abaixar a música.

Ren tinha a impressão de que estava tomando o espaço do tio. A janela que dava para a bagunça da garagem sugeria que o quarto não fora originalmente projetado para hóspedes. Ele nem conseguia se lembrar de ter ficado naquele quarto em outras visitas.

— Esse costumava ser meu escritório — confirmou Wes, enquanto eles saíam do quarto. — Mas Lulu deu um jeito nele para você. Providenciou o essencial: água, luz.

Ren percebeu um tom melancólico na voz do tio, como se ele tivesse acabado de perder o refúgio masculino, o único lugar para onde podia fugir de todas as fêmeas da família.

— Olha — disse Ren —, sei que você não está empolgadíssimo com isso, de me receber e tudo mais. Mas agradeço pelo que você está fazendo.

— Apenas lembre-se de que aqui não é Boston — disse Wes. — Se você for petulante, vai levar o troco. Então comece a dizer seus "Sinsenhores" e "Nunsenhoras".

— O que é "Nunsenhora"? — perguntou Ren. — É o que eu digo se estiver sem relógio?

— Não, isso é "não sei as horas" — respondeu Wes. — "Nunsenhora" é "não, senhora". Só que mais preguiçoso. — O tio suspirou. — Escute, apenas respeite as pessoas e você vai receber respeito de volta. Entendeu?

É claro que entendeu. Não é como se Ren estivesse largado no mundo em Boston, como se não tivesse educação. Ser estúpido não ajudava quando a fornecedora de energia estava ameaçando cortar a luz.

— Não quero ser um peso para vocês aqui — disse Ren. — Isso significa preparar minhas refeições. Arranjar trabalho.

— Bem, isso é bom, porque já arranjei um trabalho para você — disse Wes, parecendo bastante orgulhoso de si mesmo.

Ren não conseguia pensar em muitos empregos em Bomont para os quais serviria.

— Ah é?

Wes sorriu com orgulho.

— Meu amigo, Andy Beamis, tem um moinho de algodão em Chulahoma. Ele disse que você poderia começar no meio da próxima semana.

Moinho de algodão? Ren nem sabia que eles ainda existiam. Só tinha ouvido falar de moinhos de algodão em livros de história. Ele não fazia ideia do que responder, então apenas ficou em silêncio.

— De nada — acrescentou Wes.

Ren sabia que deveria mostrar algum agradecimento, mas não conseguia imaginar nem mesmo o que se esperava que ele fizesse naquele tipo de trabalho.

— Eu não poderia trabalhar na concessionária com você? -- perguntou ele. — Sou bom com motores e troca de óleo. Era assim que eu ganhava dinheiro em Boston.

Ele também era entregador, arrumava prateleiras no mercado e havia feito um pouco de telemarketing. Nenhum desses trabalhos o preparara para o trabalho em um moinho de algodão.

— Nessa crise, foi o melhor que consegui — disse Wes. — Sugiro que você aprenda a amar seu emprego.

Wes passou pelo portal que levava à garagem sem esperar por uma resposta. Ren imaginou que deveria segui-lo, então seguiu.

A garagem estava em um estado ainda pior do que parecia pela janela. Era uma bagunça de ferramentas e peças de carro cobertas de óleo. Havia até mesmo uma engenhoca feita com uma enorme caixa de som que Ren tinha quase certeza de que era uma sirene de tornado. As pilhas de tranqueiras cercavam uma silhueta, coberta por uma lona, de algo grande e encaroçado no meio do recinto. Ele não queria ver o que estava debaixo da lona.

Ren cuidadosamente passou entre a tranqueira.

— Então, como eu faço para ir ao trabalho e à escola? — perguntou ele. — Vocês têm metrô aqui em Mayberry?

— Aí está aquele sarcasmo ianque de que eu tinha ouvido falar. Esperava que fosse mais engraçado — disse Wes. — Certo, você diz que é bom com motores? Vamos fazer um acordo. Se você fizer esta belezinha funcionar, ela é toda sua.

Wes puxou a lona fedida de cima dos calombos e revelou o arremedo mais velho e acabado de um veículo que Ren já tinha visto. Era um Fusca amarelo desbotado, antiquíssimo. A parte da frente estava apoiada sobre um bloco de madeira porque o carro não tinha um dos pneus. Assim como a tampa de metal traseira. O motor estava exposto ao mundo.

O carro provavelmente não tinha saído da garagem desde antes de Ren nascer.

— Isso? — perguntou ele. — Você está falando sério?

Sarah entrou saltitando na garagem.

— Papai, mamãe disse que faltam 2 minutos para o pontapé inicial.

— Merda — disse Wes, já se engasgando com a palavra assim que saiu de sua boca na frente da filha. — Quero dizer, droga. *Caramba.* Sarah, vá dizer à mamãe que estou a caminho.

A priminha de Ren voltou saltitando para a casa. Nenhuma das meninas ia andando a lugar algum quando podiam, só saltitando.

Quando Ren se virou para trás, pegou o tio olhando para ele intensamente. Wes deve ter percebido o que estava fazendo, porque saiu do transe.

— Juro que você é igualzinho a seu pai.

Não era um elogio.

— É mesmo? Bem, também não morro de amores por isso.

Wes foi embora, voltando para a televisão, deixando Ren sozinho nas ruínas da garagem com o carro que agora era seu, se ele conseguisse fazê-lo se mover sozinho. Aquilo seria um desafio, mas não havia muito mais coisas a se fazer naquela cidadezinha mesmo. Sua única outra opção era assistir a dois times de futebol americano jogarem algo que não significava nada para ele.

Ren pegou uma caixa de ferramentas na estante, revelando um pôster do Quiet Riot na parede da garagem. Talvez houvesse um lado do tio Wes que não fosse tão careta assim. O fato de o pôster estar escondido na garagem confirmava as suspeitas de Ren sobre a coisa do "refúgio masculino". Aquilo também o inspirou a pegar o iPod, que tinha deixado carregando durante o almoço.

Quiet Riot saía alto dos fones de ouvido enquanto Ren se debruçava sobre a traseira do carro para chegar ao motor. Aquele não se parecia em nada com os motores com que estava acostumado a trabalhar, mas as partes principais ainda eram as mesmas. Não parecia tão ruim do lado de dentro quanto do lado de fora, mas ainda havia algum trabalho a ser feito.

Pelo canto do olho, Ren viu Sarah e Amy o observando. Elas estavam no jardim, olhando por uma pequena janela empoeirada. Ele podia ver que falavam dele. Nenhuma surpresa. Ele era o novo mistério em suas vidas, o primo que elas mal conheciam. Ren gostava da ideia de ser uma espécie de irmão mais velho. Em Boston eram apenas ele e a mãe. Ser parte de uma família era algo novo; reconfortante e aterrorizante.

O ar rapidamente ficou viciado enquanto ele trabalhava dentro da pequena garagem. Ren estava animado com a possibilidade de um inverno mais ameno que aquele a que estava acostumado no norte, mas não tinha certeza se o calor e a umidade que vinham com o pacote eram uma troca justa. Ele limpou o suor da testa, enrolou o iPod na manga da camisa para mantê-lo em segurança e pegou pesado no trabalho.

Havia um velho pneu encostado à parede que era do mesmo tamanho daquele que estava faltando no carro. Aquilo era sorte. O trabalho no motor também foi menos complicado do que ele temeu que seria. O problema principal se mostrou ser algo similar ao que Ren tinha tido com seu velho carro há um ano. Foram necessárias apenas algumas voltas da chave inglesa, se livrar de uma peça inútil e alguns ajustes improvisados, que provavelmente eram ilegais, mas ele concluiu que pelo menos conseguiria dar a partida.

Ren se sentou atrás do volante e prometeu em silêncio ao carro gasolina aditivada da melhor octanagem se o motor ligasse quando a chave girasse na ignição. Alguns engasgos, uma tossida e uma arfada depois, o veículo começou a ganhar vida lentamente. Ren pisou no acelerador para dar um tranco e declarou o motor vivo e pronto para um test drive. O trabalho estava longe de ficar pronto, mas já parecia bom o suficiente para andar pela cidade até Ren poder bancar uma reconstrução de verdade.

O rádio, que era quase uma relíquia, produziu um forte chiado quando Ren o ligou. Ele girou o botão antiquado a procura de estações, mas não ouviu nada além de mais chiado e programas esportivos, que eram o equivalente a chiado em sua mente. Aquilo não ia funcionar. Ele nunca sobreviveria naquela cidade sem música.

Ren desencapou os fones de ouvido do iPod com os dentes, expondo os finos fios de cobre nos cabos do fone. Alguns giros rápidos os prenderam aos cabos dos alto-falantes do carro e Quiet Riot começou a tocar à sua volta. Melhor, mas ainda não era bom o suficiente.

Seus olhos se concentraram na sirene de tornado abandonada no canto da garagem.

Perfeito.

Havia uma chance em um milhão de que aquela coisa velha e empoeirada ainda funcionasse, mas valia a pena tentar. Ren a pegou do monte de tranqueiras e a colocou no espaço vazio sob o capô. Mais alguns ajustes no sistema e ele conseguiria fazer aquilo funcionar.

O Riot já não estava mais tão quieto conforme a música sacudia a garagem, fazendo as primas do lado de fora cobrirem os ouvidos. O carro deu um solavanco enquanto Ren o tirava da garagem e passava pelas meninas que estavam, agora, dançando do lado de fora da casa. A música realmente não fazia parte do repertório infantil, mas elas não se importavam. Estavam adorando. Ren passou em volta delas duas vezes no quintal antes de sair para a rua e começar a explorar.

Quando viu Wes no retrovisor, ele gritou:

— Dá-lhe, Boston!

Um ponto para o garoto da cidade.

Aquele pequeno triunfo melhorou todo o dia de Ren. É verdade que ele estava preso no meio do nada e não conhecia quase ninguém. Mas tinha um carro. E tinha a música. Aquilo era o suficiente no momento.

Hora de explorar.

A velha estrada do interior era como algo tirado de um cartão-postal antigo, com um depósito de ferro-velho abandonado e um velho celeiro com uma placa clássica da Coca-Cola. Havia até mesmo uma caixa-d'água elevada com BOMONT pintado em letras maiúsculas na lateral.

Ren encostou no estacionamento de um lava a jato para fazer o retorno, atraindo muita atenção dos locais. Alguns eram jovens da idade dele. Ren provavelmente os veria novamente quando começasse as aulas na segunda-feira. Havia duas garotas que ele definitivamente não acharia ruim conhecer. Ele pensou em parar para dar um oi, mas mudou de ideia e apenas acenou para elas, enquanto voltava à estrada.

Ele já havia dirigido por toda a cidade. Era hora de explorar além dos limites de Bomont.

Ren guiou o Fusca na estrada de asfalto de mão dupla e forçou o carro até o limite, rapidamente descobrindo que ele mal podia chegar à velocidade máxima permitida. Apenas saber que o carro lhe dava acesso ao resto do mundo era o suficiente no momento; não importava que fosse levar algum tempo para chegar lá.

Ele emparelhou com um trem que se movia lentamente, igualando a sua velocidade e ao seu barulho. Ren cantava junto com Quiet Riot, encobrindo o barulho do trem. E jurou ter ouvido o maquinista tocar a buzina em resposta.

As luzes vermelhas e azuis que piscavam no espelho retrovisor acabaram com o clima. O velocímetro mostrava que ele estava bem dentro do limite de velocidade, então não podia ser aquilo. Talvez estivesse com um farol traseiro apagado ou algo assim.

Ren parou no acostamento, desligou o motor e a música e usou a manivela para abaixar o vidro da janela. Um policial que parecia ter a idade de tio Wes, ou talvez um pouco mais jovem, já estava ao seu lado na hora que o vidro finalmente acabou de descer.

— Saia do seu veículo, filho — disse o policial com um tom sério.

Ren fez o que ele mandou.

— Há algum problema?

— Carteira de motorista? — disse o policial em resposta.

Seu crachá dizia HERB. Ren não tinha certeza se era o nome ou o sobrenome, mas entregou a carteira de motorista ao policial Herb sem fazer nenhum comentário.

— Massachusetts, hã? — perguntou o policial. — Você estava escutando aquela música bem alto, sr. McCormack.

— Você vai me jogar na cadeia por escutar Quiet Riot?

Ren falara em tom de piada, mas não surtiu o efeito desejado.

O policial Herb tocou o queixo de Ren com a carteira de motorista dele.

— Vamos tomar cuidado com esta atitude.

— Sarcasmo ianque — murmurou Ren.

— O que foi?

— Nada — disse Ren. Ele se lembrou da advertência do tio e acrescentou rapidamente. — Senhor.

— Você vai ter que comparecer ao tribunal.

O policial já estava anotando a multa. Ren ainda não sabia por que tinha sido parado.

— Por quê? — perguntou Ren, genuinamente confuso.

— Por perturbar a paz. — O policial Herb apontou para o campo deserto. — Não é pacífico?

Ren engoliu mais sarcasmo ianque.

O policial Herb arrancou a multa do bloco e a entregou a Ren:

— Bem-vindo a Bomont.

Capítulo 4

A buzina do carro tocava pela terceira vez enquanto Ariel saía correndo pela porta da frente. Ela jogou a bolsa no banco traseiro do Mustang de duas portas de Rusty e se sentou no banco do carona.

— Desculpe. Minhas unhas não queriam secar e então borraram e precisei pintá-las todas de novo.

— Contanto que tenha sido algo importante para me deixar esperando — disse Rusty, com um suspiro irritado enquanto saía com o carro. — É só a igreja do seu pai. Por que deveríamos chegar na hora?

Seria um *daqueles* dias. Ariel costumava achar que Rusty precisava apenas de uma dose maior de cafeína pela manhã. Mas não era nem um pouco assim. Nos dias de aula ou de igreja, quanto mais atrasada Ariel estava, mais sarcástica Rusty ficava. Mas não dava para dizer que Ariel não tinha um bom motivo para estar atrasada. Ela mostrou as unhas da mão para Rusty:

— Diga se não valeu a espera.

Rusty olhou para o esmalte vermelho-vivo.

— Não combina com seu vestido.

— Nada combina.

Ariel estava usando um vestido florido bege e o suéter verde que pinicava, que a avó tinha comprado para ela havia duas Páscoas. Ela odiava a combinação, mas não estava disposta a gastar dinheiro com roupas para ir à igreja quando podia gastá-lo com coisas mais divertidas: como um esmalte caro que combinava perfeitamente com suas *outras* roupas.

— Qual é o sermão de hoje? — perguntou Rusty. — "Protegendo as crianças", "Pecado e as dificuldades" ou "Os perigos do progresso"?

— Não são todos iguais? — disse Ariel. — Quer apostar que ele vai dar um jeito de incluir os três de uma vez só?

Rusty virou na rua principal.

— Nada disso. Não vou cair nessa novamente. Nada de apostas. Não consigo nem olhar para uma embalagem de Pixy Stix desde o ensino fundamental.

Ariel riu. Ela e Rusty costumavam apostar qual seria o sermão de domingo. Ariel conseguiu uma boa sequência de vitórias até que Rusty descobriu que ela costumava se esconder no escritório do pai para ver em que ele estava trabalhando. Ariel teve que dar a Rusty o equivalente a um ano em balas para se redimir da trapaça.

Apostar não era tão divertido naqueles dias, pois seu pai apenas revezava entre as mesmas velhas lições toda semana. Tinha sido assim nos últimos três anos.

A família de Ariel não vivia longe da igreja, então o percurso era curto. Levando em conta o quão longe tiveram que estacionar o carro, elas poderiam ter simplesmente andado. As missas do pai sempre enchiam a igreja. Não porque fossem divertidas; ele simplesmente era a maior atração da cidade.

Aquela não foi diferente das outras a que Ariel teve que assistir durante tantos outros domingos. Quando era mais nova, ela escutava com muita atenção, acreditando que o pai tivesse as respostas para os mistérios do universo. Agora compreendia que ele estava apenas dando sua opinião a respeito de como as pessoas de Bomont deveriam viver suas vidas. Engraçado como ela concordava menos com ele hoje em dia.

O tópico era "Progresso: o que isso significa para você?".

O reverendo olhou para a congregação.

— Como uma sociedade, nós acolhemos invenções. Acolhemos ideias e a indústria. — Ariel podia sentir o que estava vindo. — *Mas*... há motivos para preocupação. Existe uma "armadilha do progresso" na qual nós andamos para a frente e somos empurrados para trás ao mesmo tempo.

Ele seguiu contando a história do velho sr. Rucker, um homem que tinha morrido antes mesmo de Ariel nascer. Ela escutara muito a respeito dele ao longo dos anos. Era a forma favorita do pai de expor o que havia de errado com o mundo. Ela podia contar a história de cor agora.

O velho sr. Rucker era um caixa de banco, muito antes de os caixas eletrônicos aparecerem em Bomont. Ele dava um chiclete Bazooka quando alguém fazia um depósito. Aquilo sempre fez seu pai se sentir especial. Ariel imaginava que o velho Rucker tinha algum acordo especial com o dentista local para causar cáries em todos os clientes e movimentar o negócio. Mas esse era o cinismo de Ariel.

Rusty cutucou a amiga com o cotovelo. Ela sempre a cutucava, mostrando coisas novas. Rusty tinha essa forma animada de ver o mundo que ficava exaustiva depois de um tempo. Não havia muita coisa em Bomont para se animar.

O que atraíra a atenção de Rusty naquele dia era realmente digno de se notar: um garoto novo estava sentado do outro lado do corredor com a família Warnicker. Uma das menininhas usava seu braço como travesseiro. Aquilo era, na verdade, um tanto adorável.

Rusty não era exatamente sutil quando notava algo, então não foi nenhuma surpresa quando ele se virou para olhar para elas. Agora que Ariel tinha visto mais do que o perfil, precisava admitir que o garoto era bem bonitinho. Uma pena ela ter que vê-lo pela primeira vez logo na igreja. Aquele não era o modelito que ela gostava de usar para causar uma primeira impressão.

Ariel deu de ombros com indiferença tanto para Rusty quanto para o garoto. Não era nem um pouco bom para ela que os rapazes achassem que estava interessada. Aquilo lhes dava muito poder. Quando ela bancava a difícil, não era um jogo. Era real.

Ariel voltou sua atenção para o pai no púlpito. Parecia que ele estava prestes a terminar o sermão, se estivesse seguindo o roteiro.

— Por que viajar com a família quando vocês podem ver TV juntos no sofá? — perguntou ele de forma retórica.

Ariel suspeitava que tinha sido a inspiração para aquela frase. Parecia muito com o que ela havia dito ao pai quando ele sugeriu uma viagem ao Grand Canyon. Ela falara sério daquela vez, mas agora ele usava aquilo de forma sarcástica. Ariel não se opunha a uma viagem em família, mas seus destinos dos sonhos eram um pouco mais tropicais.

Aquilo levou o pai à parte sobre os malefícios da televisão, especialmente dos reality shows. Ariel não discordava de que existia um monte de porcaria na TV, mas reality shows eram alvos tão fáceis.

— *Essa* é a nossa rede social. — Ele esticou as mãos gesticulando para a congregação, se preparando para o desfecho. — E não precisamos do Facebook para isso. — Ele pegou a Bíblia. — Aqui está o único "book" que precisamos.

O riso e uma salva de palmas não surpreenderam Ariel. Os membros da congregação sempre deixavam o reverendo Shaw Moore saber quando aprovavam sua mensagem. Ariel lhe deu pontos pela encenação na parte final. Subtraiu pontos por todas as outras partes. Mas tinha outros tipos de redes sociais em mente. Seus olhos estavam grudados à nova mensagem no celular.

VC VEM HOJE À NOITE?

Já estava na hora. Ela esperou a manhã inteira que Chuck ligasse ou mandasse uma mensagem. Obviamente ela se encontraria com ele mais tarde, mas uma garota gosta de ser convidada. Ela não costumava simplesmente ir a lugares sem ser chamada.

Seu pai acrescentou uma nota de despedida à mensagem anti-inovações.

— Eu sei que meu Redentor vive. Ele vive em todos nós. E através do Seu amor nós seremos entregues ao Reino do Céu. E esse... é o único tipo de progresso de que precisamos.

Ariel digitou rapidamente:

PORRA, COM CERTEZA!

— Oremos.

•••••

Foi necessária toda a força de vontade de Ren para não pular do banco da igreja no momento em que a missa acabou. Ele não conseguia se lembrar da última vez em que tinha ido a uma igreja de verdade. O funeral da mãe tinha sido uma missa curta na casa funerária. Além de Ren, as únicas pessoas que compareceram foram as enfermeiras com quem eles tinham feito amizade ao longo dos anos. Tio Wes havia pedido ao reverendo para falar algumas palavras durante a missa normal de domingo; fora isso, o enterro da mãe tinha sido amplamente ignorado por todo mundo. Por todos menos Ren, claro.

Demorou algum tempo para eles caminharem pelo corredor e saírem da igreja. O atraso deu a Ren mais tempo para observar a garota que estava olhando para ele durante a missa. É verdade que ela deu de ombros para ele, mas Ren já estava acostumado àquela indiferença casual depois de todos esses anos. Aquilo não significava que a porta estava fechada para ele.

Assim que se encontraram novamente do lado de fora da igreja de tijolos vermelhos, Ren começou a andar na direção do carro, mas o tio guiou a família em outra direção.

O reverendo e a esposa estavam cumprimentando os paroquianos enquanto eles saíam do prédio.

— Reverendo Moore — disse Wes, se assegurando de que Ren estivesse ao seu lado. — Este é o filho da minha irmã. Aquele sobre quem estava falando com você: Ren McCormack.

O aperto de mão do reverendo era firme e formal.

— Oi, Ren. Fico feliz que esteja aqui conosco hoje. Esta é minha esposa, Violet.

A mão dela estava mais relaxada quando apertou a mão de Ren.

— Olá, Ren. Você pode me chamar de Vi. Todos me chamam assim. — Ela inspirou brevemente e olhou nos olhos de Ren. Ele sabia o que viria a seguir. Aquilo já tinha acontecido algumas vezes antes de a missa começar. — Você sabe, estudei com sua mãe, Sandy, no ensino fundamental. Ela era uma pessoa amável. Sinto muito por sua perda.

Ren balançou a cabeça mostrando agradecimento, incapaz de achar as palavras certas para responder. Ela provavelmente não queria dizer nada com aquilo, mas cada uma das pessoas que mencionara sua mãe falava sobre se lembrar dela na infância, como se estivessem evitando intencionalmente os anos da adolescência, quando ela deixara a cidade. Por mais que essa tal de Vi parecesse simpática, havia um tipo de julgamento silencioso naquilo.

— Acho que você vai gostar de Bomont High — disse o reverendo Moore. — A turma que está se formando é a maior que já tivemos na escola. — Ele se virou para um homem com um paletó azul convencional e uma calça cinza que estava rondando em volta da conversa, esperando a chance de se meter. — Quantos formandos temos este ano?

— Cento e vinte — respondeu o homem ansiosamente. — Talvez um ou outro desistente.

Aquilo era talvez um quarto da turma de formandos da antiga escola de Ren.

— Roger é o diretor de Bomont High — explicou o reverendo.

Aquilo não era uma surpresa. O cara definitivamente passava uma vibração de diretor de escola.

Foi a vez de o diretor cumprimentá-lo. Ren não tinha apertado tantas mãos assim em toda sua vida.

— Você começa na segunda?

— Sim. — Ren rapidamente corrigiu quando o tio se encolheu e soltou um olhar de advertência para ele. — Sim, senhor.

— Se você tiver algum problema, pode vir me ver — disse o diretor. — Minha porta está sempre aberta.

Ren não conseguia imaginar nenhum problema que o fizesse procurar o diretor. Ele nunca tinha dado nem "oi" para o diretor da sua antiga escola.

Roger olhou para ele de cima a baixo:

— Você joga futebol americano? — perguntou ele. — Estamos precisando de um kicker. — Com o corpo magro de Ren, ele nunca seria um jogador de defesa. — Se quiser jogar no nosso time, apenas fique limpo e se mantenha longe de encrenca. Fiquei sabendo que você já teve problemas com a lei.

Aquilo explicava por que ele estava rondando. O diretor era também o fofoqueiro da cidade. Ren não tinha planejado interagir muito com o homem antes e certamente iria evitá-lo agora.

— Você o quê? — perguntou Wes.

Ren não pensara em mencionar a multa ao tio. Vendo a expressão no rosto de Wes, percebeu que teria de fazer as coisas de forma diferente enquanto vivesse sob seu teto.

Não ajudou o fato de Roger ter decidido torcer a faca um pouco mais ao ver a surpresa no rosto de Wes.

— Não sei como é em Boston, mas aqui embaixo existem regras a respeito de escutar música em alto volume.

— Ren, você não me contou sobre...

— E existem regras a respeito de sinalização chamativa — acrescentou Roger. Aquilo parecia ser direcionado a Wes. — Não quero colocar meu chapéu de vereador aqui, Wes, mas você já tirou aquele letreiro de neon? Aquele acima da concessionária?

— Não — disse Wes, fechando o rosto em silêncio. — Ainda não, Roger.

Ren ficou feliz por não ser mais o centro da atenção, mas Roger continuava irritante. E não parava.

— Aquilo pode vender carros, mas é contra o Código.

Ren pôde ouvir o "C" maiúsculo quando Roger disse "Código".

Uma delicada mão pegou Ren pelo braço. Vi o afastou da chateação crescente.

— Você não quer escutar nada daquilo, quer? — perguntou ela.

— Não. Quero dizer, nunsenhora. — Aquilo ainda parecia esquisito. — Ou, não, senhora.

Vi riu.

— Foi o que pensei. — Ela gritou um nome. — Ariel.

A garota que havia ignorado Ren se virou ao escutar seu nome. Ela demorou meio segundo para esconder o interesse quando viu a mãe se aproximar com Ren. Pelo menos foi assim que ele entendeu aquilo. Uma fenda estava se abrindo em sua indiferença casual.

— Minha filha estuda em Bomont High — disse Vi. — Você deveria ter uma amiga no primeiro dia. Ariel, este é Ren McCormack. Ele vai começar na sua escola amanhã.

Milhares de saudações sarcásticas surgiram em sua mente, mas Ren resolveu ficar com "Oi".

— Oi — respondeu Ariel.

Seus olhos se cruzaram. Aquilo era uma abertura. Ren precisava apenas encontrar algo sobre o que falar, mas ele não sabia que assunto puxar com aquela garota de cidade pequena. Tudo em que ele pensava parecia muito pretensioso. O que tinham em comum, além do fato de estarem tentando parecer mais legais do que provavelmente eram?

A oportunidade passou quando Ariel voltou sua atenção para além do ombro de Ren.

— Pai? Rusty e eu temos aquele trabalho de ciências para amanhã. Vamos até a casa dela para virar a noite e terminar. É possível que eu durma por lá, se não tiver problema.

Ren não acreditou nem por um segundo que aquela garota estava preocupada com o dever de casa. A deixa foi a forma vaga como ela mencionou o "trabalho de ciências".

— Mesmo tendo escola amanhã? — perguntou o pai. — Isso é realmente necessário?

Sem nem piscar, ela se virou e chamou a amiga.

— Rusty? Você não acha que vai levar a noite toda?

A garota respondeu rapidamente. Ou elas haviam ensaiado aquilo, ou já tinham feito o mesmo anteriormente.

— Claro. No mínimo.

— Acho que não tem problema — disse o reverendo.

— Obrigada, pai — disse Ariel, toda doce e leve. — Tchau, mãe.

Ren observou-a ir embora enquanto tentava não fazer parecer que estava observando. Talvez Bomont não fosse tão ruim, no fim das contas.

Capítulo 5

Ariel pegou a bolsa no banco traseiro do carro de Rusty. Foi bom seus pais já não estarem mais em casa quando ela saiu com a bolsa de manhã; eles poderiam ter percebido que a repentina noitada havia sido planejada previamente. Ela não tinha certeza absoluta de que aquilo aconteceria quando arrumou a bolsa, mas a mensagem de texto de Chuck confirmou que precisaria de uma desculpa para ficar fora até depois do toque de recolher. A mãe de Rusty era mais fácil de enrolar nesse tipo de coisa. Especialmente quando não sabia que Ariel deveria estar em sua casa.

Na verdade, Rusty é que era difícil de enganar. Ela ainda estava preocupada com a mentirinha inofensiva mesmo depois de as duas estarem a quilômetros da igreja. Foi a primeira coisa que ela expressou assim que se encontraram a uma distância segura dos pais de Ariel.

— Ele pode ser seu pai — disse Rusty —, mas é meu pastor. Não posso mentir para um homem de Deus. Isso só pode ser pecado.

Ariel confiava na resposta habitual para aquele tipo de situação.

— Só se você for pega.

Era verdade, em sua cabeça. Não tinha nenhum problema para separar o pai do trabalho dele. O papel do reverendo na cidade significava cada vez menos para ela depois daquela noite, há três anos. O papel de pai significava menos a cada dia também.

— O que você acha do garoto novo? — perguntou Rusty enquanto descia a estrada de asfalto de mão dupla que as levava para fora da cidade.

— Se você gosta do tipo — respondeu Ariel, dando de ombros. Ele até que era bonitinho, mas estava cheio de garotos bonitinhos em Bomont. Aquilo não queria dizer que fazia seu tipo.

Houve aquele momento esquisito em que ela não soube o que falar para ele, no entanto. Aquilo não acontecia muito com ela na presença de garotos. Provavelmente tinha a ver com a forma como ela odiava as coisas banais que as pessoas lhe disseram depois do funeral de Bobby. Ela ouvira os pais comentarem que os Warnicker estavam aguardando o sobrinho cuja mãe havia morrido. Aquela era provavelmente a única razão para qualquer constrangimento.

Ariel normalmente evitava qualquer pessoa a quem seus pais a apresentavam. Aquele não era um bom ponto de partida para um relacionamento. Ela preferia os rapazes sobre os quais seus pais não sabiam nada.

Na verdade, Ariel estava mais preocupada em colocar a calça jeans apertada por baixo do vestido naquele momento.

Não havia muito espaço para manobrar no banco do carona de Rusty.

— Você quer dizer garotos da minha idade? — perguntou Rusty. — Sim, gosto.

Aquilo era uma cutucada em Ariel e no rapaz com quem ela ia se encontrar. Chuck não era muito mais velho que elas, apenas velho o suficiente para conseguir levá-la aos lugares que os rapazes da escola não podiam.

Quando Ariel não respondeu, Rusty continuou:

— Bem, acho que ele é mais sexy que qualquer um aqui. E ele é de fora da cidade, então não me diga que isso não faz seus dedos do pé se contorcerem.

Aqueles dedos agora estavam entrando nas botas de couro chamativas que Ariel tinha comprado pela internet. Elas também eram o motivo por que ela escolhera aquela cor de esmalte. A amiga viu de relance, do banco do motorista, o couro vermelho.

— Oh, oh — disse Rusty. — A garota está vestindo as botas vermelhas. Está pronta para pisotear corações.

Aquela era a melhor coisa de Rusty: ela se transformava de mãezona em cúmplice no crime em um piscar de olhos. Apesar de gostar de dizer a Ariel o que fazer de vez em quando, ela também gostava do espetáculo.

Ariel não usava as botas por uma questão de conforto.

— Meu pai odeia estas botas.

— Tenho certeza de que ele adora essa calça jeans apertada.

— Não se pode usar saias ou vestidos nos boxes — lembrou Ariel.

Rusty sabia muito bem daquilo, mas raramente ia além da arquibancada no autódromo. Ela ficava assistindo com os outros espectadores, enquanto Ariel preferia se misturar.

Ariel terminou de trocar as roupas de ir à igreja pelas roupas de causar problemas. Ela jogou a bolsa no banco traseiro e incrementou o visual com um pouco mais de maquiagem. Tinha se tornado especialista em aplicar maquiagem enquanto estava no carro, se acostumando aos buracos, às curvas e às freadas bruscas e repentinas que eram a especialidade de Rusty.

É claro que o pai não iria gostar de vê-la usando aquelas cores. Ele odiaria tudo, até o esmalte das unhas.

"Pintada como uma meretriz", diria ele.

Ou algo assim. Ariel era uma pessoa completamente diferente quando chegaram ao autódromo, e não apenas do lado de fora.

O Autódromo Cranston ficava quilômetros fora dos limites de Bomont e a um mundo de distância da vida normal de Ariel. Tinha uma atmosfera de parque de diversões que se estendia até o estacionamento: entretenimento familiar misturado com algo um pouco mais sombrio, um pouco mais sujo.

Fãs animados aplaudiam na arquibancada, onde cachorros-quentes e cerveja eram a refeição preferida, enquanto carros de corrida com cores brilhantes derrapavam em todas as curvas da pista de terra. Aquele não era um evento legal e oficial da NASCAR. Era apenas uma corrida de Stock Car suja e desleal. E o piloto mais sujo e desleal estava na liderança.

Um carro com o qual Ariel estava bastante familiarizada abriu vantagem quando os pilotos começaram a última volta. O pai do motorista podia ser o dono do autódromo, mas o rapaz tinha criado um nome para si mesmo no mundo das corridas de outra forma. Aquela corrida não era diferente. Ele ultrapassou o carro à frente e já estava bem distante quando a bandeira quadriculada tremulou. Era o vencedor, mais uma vez.

A voz rouca do locutor surgiu no sistema de som.

— O atual bicampeão da divisão de Stock Car... Galera, aplausos para Chuck Cranston!

Rusty aplaudiu junto da multidão, mas Ariel ficou apenas observando em silêncio. Outras garotas teriam corrido diretamente na direção do carro, mas ela esperou. Por mais que dissesse a si mesma que estava fazendo gênero, a verdade é que não ligava muito para a vitória. Chuck sempre vencia algo. Ele se cercava de amigos que se asseguravam de que as vitórias aconteceriam. Ela gostava daquele aspecto "o que for preciso" dele.

Os admiradores de Chuck se amontoaram em volta dele quando o piloto ficou de pé sobre o teto do carro, mostrando um sorriso diabólico. Agora que os holofotes estavam inteiramente em Chuck, era a hora de Ariel fazer sua entrada.

Ela passou pela arquibancada, sentindo o calor do sol nos ombros enquanto saía da sombra para a luz. Os olhos de Chuck não eram os únicos sobre ela conforme se aproximava da beira da pista.

Ele gritou algo, mas Ariel não conseguia escutá-lo com o ronco dos motores dos outros carros ainda na pista.

— O quê? — gritou ela de volta.

— A bandeira! — berrou ele, acenando na direção do diretor de prova que tinha balançado a bandeira quadriculada ao fim da corrida. — Traga a bandeira para mim, garota!

Sem pensar duas vezes, Ariel correu até o diretor enquanto ele descia da plataforma erguida sobre a pista pela escada. Ela pegou a bandeira antes que o homem percebesse o que estava acontecendo e saiu saltitando para a pista.

— Ei! Volte aqui! — gritou o diretor enquanto ela cruzava a pista de terra.

Rusty gritou também, mas por razões diferentes.

— Ariel! O que diabos você está fazendo?

Entrar na pista de corrida enquanto os outros carros davam a última volta não era a coisa mais inteligente que ela já tinha feito. Mas aqueles eram motoristas profissionais. Eles eram bons em evitar obstáculos. Além disso, nem estavam a toda velocidade. Não era muito mais perigoso que atravessar uma rua movimentada.

Ariel atravessou com confiança enquanto os carros passavam. Ela não podia deixar Chuck vê-la suar. Os caipiras na arquibancada assobiaram e gritaram, mas aquelas vozes não eram nem de longe as mais altas.

— Mocinha, você não pode entrar na pista de corrida! — berrou o diretor de prova para ela.

Como se ela se importasse.

— Volte para cá! — pediu Rusty. — Você vai acabar morrendo aí!

O medo que ela ouviu na voz da amiga era a única coisa que poderia tê-la impedido, mas Ariel estava decidida agora. Era tão perigoso voltar quanto continuar.

Outro piloto tirou o capacete e saiu do carro nos boxes, se juntando ao coro. Era Caroline, que sempre parecia estar rodeando Chuck.

— Saia da pista, chave de cadeia! — gritou a mulher vulgar. — Volte para Bomont e vá assar umas tortas.

Ariel estava nos boxes agora. Ela passou o dedo médio sobre o olho, como se estivesse coçando.

— Caroline, por que será que toda vez que você sorri, um cisco cai no meu olho?

Infantil? Sim. Mas Caroline despertava aquele sentimento nela algumas vezes. A mulher se jogava em cima de Chuck das formas mais patéticas, mesmo quando Ariel estava por perto.

A risada de Chuck dissera a Ariel que ele aprovava o humor rasteiro. Ela subiu no capô do carro para lhe dar um beijo enquanto os espectadores gritavam em aprovação. Não era necessário muito para fazê-los ficar ao seu lado. Normalmente apenas mostrar a calça apertada e as botas vermelhas.

— Você é o meu troféu? — perguntou Chuck quando eles se separaram.

— Não sem uma volta da vitória — respondeu ela.

Chuck deslizou o corpo para dentro do carro pela janela e se sentou no banco do motorista. Ariel enfiou as pernas para dentro do veículo, apoiando-as no colo dele, sentando-se na janela, metade para dentro, metade para fora do carro. Chuck segurou as pernas da namorada e saiu para a volta da vitória. A bandeira quadriculada e os cabelos dourados de Ariel tremulavam na brisa.

O público assistia atento enquanto eles davam a volta no percurso, mas Ariel não estava gostando tanto daquilo. É claro que ela estava rindo e se divertindo, mas não era nem de longe tão emocionante quanto poderia ser. Os braços de Chuck seguravam as pernas dela com muita força e ele gritava como se estivessem fazendo algo *realmente* perigoso. Ele nem estava dirigindo rápido o suficiente para que o vento levantasse os cabelos dela. Aquilo não era nada.

Ariel bateu com o punho no teto do carro, fazendo barulho para chamar a atenção dele.

— Não sei como você ganha corridas dirigindo como uma menininha!

— Você quer que eu afunde o pedal? — perguntou ele. — Segure firme!

Chuck segurou as pernas dela ainda mais forte e aumentou o giro do motor. Ariel sabia que provocá-lo funcionaria. Duvidar da habilidade de Chuck para dirigir era como questionar seu nível de testosterona. Ela se agarrou à moldura da porta quando teve o corpo jogado para trás assim que ele pisou no acelerador.

Os gritos da plateia se tornaram advertências, mas Ariel não ligava. Aquilo era velocidade. Aquilo era *viver*. Aquela era a direção que Bobby seguia antes de morrer. Aquela euforia foi a última coisa que ele sentiu em vida. O medo dela agora não era nada comparado à satisfação.

O carro de Chuck ganhava velocidade a cada segundo, tangenciando a cada curva enquanto os pneus perdiam tração na pista de terra.

— Mais rápido! — gritou Ariel. — Vamos lá! Mais rápido!

Ela nunca se sentiu tão viva. Ninguém lhe dizendo o que fazer. Como se vestir. Que música escutar. Era apenas ela, o carro e a adrenalina. Nem mesmo Chuck importava mais. Nada importava.

A curva final se aproximava rapidamente. Ariel se segurou à moldura da janela com toda força. O que aconteceria se ela soltasse agora? Será que Chuck a estava segurando com força suficiente? Será que ele conseguiria segurá-la e fazer a curva ao mesmo tempo?

O carro rodou perto dos trailers, jogando o corpo de Ariel contra a porta. Ela escorregou para trás, mas se manteve ereta. O solavanco deu medo, mas Chuck não a soltou. Com o coração batendo forte, eles pararam não muito longe de Rusty.

A expressão no rosto da amiga levou Ariel de volta à realidade. Aquele momento de irresponsabilidade havia claramente aterrorizado Rusty. A garota não falou uma palavra. Ela apenas saiu batendo o pé enquanto Ariel pulava da janela do carro.

Rusty podia reclamar de vez em quando, mas ela aguentava muita besteira da amiga. Era uma das poucas pessoas que tinha a chance de ver a Ariel de verdade. Quando nem mesmo Rusty conseguia aguentar, Ariel sabia que tinha ido longe demais. Ela saiu apressada atrás da amiga, passando pelos gritos e assobios da multidão, em direção ao estacionamento.

— Rusty! — gritou ela. — Rusty! Aonde você vai?

Rusty se virou para ela. Com os olhos cheios de raiva.

— Sabe quando você vê no noticiário que alguém morreu fazendo algo estúpido?

Ariel fez uma expressão de impaciência, tentando minimizar aquilo.

— Ah, ótimo. Isso de novo.

Mas Rusty tinha conseguido fazê-la se sentir mal. Ela odiava ver a amiga olhando-a daquele jeito. Rusty era a única pessoa com quem podia contar, mesmo quando Ariel fazia o melhor que podia para desapontar Rusty.

— Bem, não quero ser a amiga estúpida que fica por perto assistindo — continuou Rusty, sem nenhuma hesitação. — Ele nunca deveria deixá-la fazer aquilo.

Não era justo culpar Chuck pelas ações de Ariel, mas Rusty nunca gostara dele. Ela não gostava da maioria dos rapazes com quem Ariel andava atualmente. O problema era que quando Ariel sabia que deveria se desculpar, suas defesas se armavam e ela acabava partindo para o ataque. Nunca entendeu por que aquilo acontecia.

— Então, o que você vai fazer? — perguntou Ariel. — Vai simplesmente me abandonar aqui?

— *Eu*? Abandonar *você*?

Havia lágrimas nos olhos de Rusty. Aquilo fez Ariel se sentir ainda pior. Rusty sempre ficava mal quando Ariel fazia aquele tipo de coisa, mas nunca tinha sido levado às lágrimas antes.

A voz de Rusty ficou desconfortavelmente suave.

— Não sei mais o que está acontecendo com você. Desde que Bobby...

Sua voz foi sumindo. Não havia mais nada a falar. Ela se virou e foi embora.

Ariel quis ir atrás dela. Quis entrar no carro quando Rusty se sentou no banco do motorista. Mas o que a amiga tinha dito sobre Bobby doera muito. Ariel não podia ficar sentada ao lado de Rusty no longo caminho de volta para Bomont. Não naquele momento.

— Acho que vou pegar uma carona para voltar à cidade.

— Acho que vai mesmo.

Rusty saiu do estacionamento.

A multidão continuou a se dirigir a seus carros. Desconhecidos passaram por Ariel enquanto iam embora. Ela não os notou. Tudo o que sabia era que estava sozinha. Mas havia um remédio simples para aquilo. Ela voltou à pista para encontrar Chuck. Ele sempre servia como uma boa distração.

Chuck Cranston podia não ser a melhor pessoa no mundo para conversar, mas havia Rusty para isso... quando Rusty não estava brigada com ela. Chuck também não era exatamente o tipo de rapaz perfeito para namorar. A maior parte do tempo que eles passavam juntos se concentrava nele, não nela. Mas ele sempre estava disposto a se divertir e nunca levava as coisas muito a sério. Aquilo era realmente tudo de que Ariel precisava.

O único problema era que Chuck era muito parecido com um carro de corrida: ficava preso em uma única pista. De certa forma ele era divertido e emocionante. Mas por outro lado, Ariel sabia que ficar com ele nunca iria levá-la a lugar nenhum.

Depois que a arquibancada se esvaziou e os outros motoristas foram para seus trailers ou para os bares, o único veículo que tinha sobrado na pista era o caminhão-pipa limpando a terra espalhada. Ariel observou o caminhão fazer a rota na parte traseira do trailer do carro de Chuck. Com a porta aberta, eles tinham um quarto semiprivado que era praticamente tão romântico quanto uma garagem aberta. Mesmo assim, Chuck tentava se divertir.

O capô do carro de Chuck ainda estava quente sob as costas de Ariel enquanto Chuck a beijava. As mãos dele exploravam sob a camisa dela, esfregando a barriga macia em um movimento circular. Cada círculo ficava maior, em uma tentativa malsucedida de uma manobra sutil. Ela delicadamente empurrou a mão dele.

— Por que temos que ir tão rápido?

— Você está procurando um coroinha para colocar um anel de compromisso no seu dedo? — O tom de Chuck era brincalhão, mas algo na forma como ele falou aquilo a incomodava. — Você não vai conseguir isso de mim, filhinha do pastor.

Ariel tinha sido definida pelo trabalho do pai desde que nascera. Piorou ainda mais quando os garotos começaram a notá-la. Toda vez que alguém usava seu pai para descrevê-la, aquilo parecia um insulto, sendo a intenção ou não.

— Eu tolero isso de todas as outras pessoas. Não vou aguentar isso de você.

O rosto de Chuck se fechou.

— Então o que você quer? Quer namorar firme? Posso perguntar a seu pai se podemos namorar.

Ariel meio que gostava da ideia de levar um piloto de corrida alguns anos mais velho que ela a sua casa. Talvez precisasse usar isso algum dia quando ficasse realmente furiosa com os pais. Chuck leu esses pensamentos na expressão dela.

— Duvido que ele saiba sobre nós dois, não é mesmo?

Ela não respondeu. Chuck já sabia a resposta. Ele claramente não se importava também, porque começou a esfregar o nariz no pescoço dela em vez de levar aquela discussão mais adiante.

— Achei que as coisas eram realmente simples entre nós dois — disse ele. — Sou seu homem e você é minha menininha rebelde.

Ariel se afastou dele.

— Não sou uma menininha.

Ele se recusou a deixar aquela passar.

— É mesmo? Então prove.

Ariel enfraqueceu sob o olhar dele. Ela devia ter se levantado e saído dali. Aquilo teria sido a coisa certa a fazer. Ser forte. Sempre deixá-los querendo mais.

Mas então o que ela faria? Rusty já tinha ido embora. Será que ela poderia arrumar uma carona com um dos retardatários que ainda estavam no autódromo? Aquilo podia ser mais perigoso que ficar com Chuck.

Além disso, parte dela queria aquilo. Não era o ideal, em cima de um carro, no fundo de um trailer. Mas seria mais do que ela conseguiria se fosse embora. Então, ficaria totalmente sozinha.

Os dedos de Ariel encontraram os botões da própria blusa e os abriram um por um, como se as mãos agissem por conta própria. Mas ela estava no controle. Total e completamente no controle. Seu olhar encontrou o de Chuck.

— Feche a porta.

Capítulo 6

Ren soltou um gemido frustrado. *Algumas vezes você tem apenas que forçar as coisas*. Ele envolveu o metal com a mão e deu um puxão. Então outro. Então uma sacudida mais forte. E a porta do fusquinha finalmente se abriu com um gemido choroso.

Sucesso. Ele podia agora deixar passageiros entrarem no carro sem fazê-los passar por cima do assento do motorista. Ele apenas precisava achar alguns passageiros.

Ren nunca esperou fazer um monte de amigos em seu primeiro dia na nova cidade. Ele ainda nem tinha ido à escola. Mas algo a respeito das pessoas que conhecera até então confirmava todos os medos que Ren sentiu assim que desceu do ônibus que o trouxe a Bomont. Ele não queria estar ali

Pensou em se emancipar antes de a mãe morrer. Já cuidava de si mesmo a maior parte do tempo. Mas onde moraria? Algumas das dívidas da mãe tinham ido embora com ela, mas não todas. Ele teria que começar sem nada. Ainda faltava um ano do ensino médio com o qual precisava lidar, então ele não conseguiria um emprego em horário integral.

Aquela havia sido sua única alternativa. A mãe o fez perceber antes de falecer. Não que ele não amasse a família, mas realmente não os conhecia. Não bem o suficiente para se sentir confortável vivendo na casa deles. Mesmo as meninas, que eram ótimas, eram quase completas desconhecidas. Foi por isso que Ren passara a maior parte dos dois primeiros dias na garagem, trabalhando no carro. Convenientemente, o automóvel precisava de muito trabalho.

O Fusca não parecia muita coisa, mas representava a liberdade em uma cidade que já o punira por escutar música alto demais. Aquilo era estranho, mas Ren tentou não se deixar irritar. O lugar melhoraria. Tinha que melhorar. Se Ariel era alguma indicação do que o resto da cidade tinha guardado para ele, então talvez houvesse uma ponta de esperança.

Ren entrou em casa para dar boa-noite aos tios, então voltou para o quarto para se lavar e se preparar para dormir. Ele segurou a foto que ficava ao lado de sua cama. Era uma de suas fotos favoritas da mãe, tirada quando a vida dela era cheia de promessas, antes de a doença fazer uma reviravolta repentina e sombria.

Ele nunca se lembrava dos momentos ruins. Os momentos de doença. Pelo menos, tentava não se lembrar deles. Aquela era a mãe que ele imaginava quando a via. Cheia de vida.

Colocou a foto de volta na mesa de cabeceira e se deitou, imaginando que o rosto sorridente da mãe estava olhando para ele naquele momento. Não que ele realmente achasse que estava. Ren tinha passado mais tempo do que a maioria das pessoas de sua idade imaginando o que acontecia depois da morte, se havia ou não, algum lugar melhor além da vida. Ele ainda não tinha se decidido sobre aquilo. Provavelmente nunca chegaria a uma conclusão.

Uma luz brilhou sobre ele depois de várias horas rolando na cama estranha. Meia hora depois, Ren decidiu que era hora de se levantar e encarar o dia. E a cidade de Bomont.

Sarah e Amy já estavam na metade do café da manhã quando Ren se sentou à mesa. Elas usavam os uniformes que eram aparentemente obrigatórios na escola primária. Lulu fizera questão de contar a Ren, na noite anterior, que ele não precisava se preocupar com aquilo na escola dele. Para falar a verdade, ele nem tinha pensado a respeito antes de ela tocar no assunto. Não era como se Ren estudasse em uma escola particular.

— Bom-dia, meninas. O que temos no cardápio?

— Waffles! — respondeu Amy alegremente.

— Mas posso preparar o que você quiser, Ren — acrescentou rapidamente Lulu da cozinha. — Posso preparar uma omelete, ou um pão com ovo...

— Waffles seriam ótimos. Obrigado!

Mesmo quando a mãe estava no melhor da saúde, ela normalmente já tinha saído para um de seus dois empregos antes de Ren acordar. Comer waffles no café da manhã em um dia de semana era uma novidade para ele. Ser capaz de escolher outra coisa se ele quisesse era quase impensável. Lulu provavelmente queria apenas fazer com que Ren se sentisse bem-vindo. Não era possível que tomassem café da manhã assim todos os dias da semana.

Ren se sentou ao lado de Amy enquanto Wes entrava na cozinha. A filha mais nova estava completamente atenta ao pai quando ele entrou.

— Papai, você levantou o assento da privada quando fez pipi?

— Sim, levantei, Amy — respondeu Wes, com um sorriso. — Obrigado por perguntar.

— Você abaixou o assento quando terminou? — complementou Sarah, imediatamente.

Wes sorriu como um homem que tinha acabado de ser pego.

— Farei isso na próxima vez, querida. Papai está atrasado para o trabalho.

Ele deu uma olhada em Ren. E então olhou novamente para o sobrinho. Ren não tinha certeza do que estava errado.

— Você vai ser julgado em algum tribunal? — perguntou Wes. Ren não sabia do que o tio estava falando, até que ele continuou. — Por que a gravata?

Naquele momento, todas as mulheres no aposento se juntaram à conversa, como se estivessem apenas esperando por uma razão para tocar no assunto.

— Eu gostei — disse Sarah.

— Ele está bonito — acrescentou Amy.

Lulu colocou um prato com waffles na frente de Ren.

— Acho que ficou ótimo. Ren, você pode se vestir como quiser.

Ren não sabia do que ela estava falando. Ele simplesmente usava as roupas normais de ir à escola: calça escura e uma camisa de manga curta verde clara. Certo, a gravata poderia ser um pouco avançada para Bomont, mas ele já a tinha usado várias vezes na antiga escola. Gravatas também não eram a norma nas escolas públicas de Boston, mas não eram tão estranhas quanto algumas das coisas que seus amigos costumavam vestir.

— Eu tinha uma gravata preta fininha como essa na minha época — acrescentou Wes. — Tinha teclas de piano desenhadas no canto.

— Aquela era a época em que ele usava mullet — acrescentou Lulu, como se precisasse explicar.

Wes segurou a esposa pela cintura, dando-lhe um abraço brincalhão.

— Aquela era minha época sexy, gata. Você devia saber, Senhorita Cabelos Frisados. — Lulu lhe deu um peteleco de leve no nariz antes de ele voltar sua atenção para o sobrinho. — Olhem, estou apenas pensando nas primeiras impressões. Só isso.

Ren não sabia bem que mundo era aquele em que uma gravata causava uma primeira impressão ruim. E não estava disposto a descobrir. Ele apenas engoliu o sarcasmo ianque e se debruçou sobre os waffles.

O gosto do café da manhã estava ainda melhor que a aparência, e a aparência era ótima. Provavelmente ninguém naquela cidade nunca tinha queimado uma refeição ou deixado os ovos moles. Perderiam suas carteirinhas do Rotary Club ou algo assim. Não que Ren fizesse ideia do que era um Rotary Club, mas tinha ouvido falar nele em velhos programas de TV que se passavam em cidadezinhas como aquela.

• • • • •

Naquela manhã, Rusty fez Ariel ficar esperando, para variar um pouco. Era uma vingança pelo dia anterior, quando Ariel tinha chegado à casa da amiga no meio da noite. Ela e Chuck se divertiram juntos e então saíram para jantar. A versão de Chuck de vencer e jantar era cerveja com asas de frango, mas Ariel não era exigente. A comida estava longe de ser tão boa quanto o tradicional bolo de carne de domingo à noite da mãe, mas o bar louco a que ele a levou era muito melhor que o silêncio em volta da mesa de jantar.

Chuck reclamou de ter que levá-la até a casa de Rusty, roncando o motor para fazer a vizinhança toda saber que ele estava ali, apesar de já ser muito depois do toque de recolher. Aquilo era algo com que Ariel precisava se preocupar, pois ainda não tinha 18 anos. Chuck não tinha o mesmo problema; passara dos 18 havia alguns anos. Outro dos benefícios de ficar com Chuck. Garotos da idade dela se preocupavam com besteiras como toque de recolher e dias de aula muito mais do que Ariel já tinha se preocupado.

O quarto de Rusty era no primeiro andar, então entrar e sair pela janela era muito mais fácil do que teria sido na casa de Ariel. A mãe de Rusty nem sabia que alguém tinha passado a noite lá até cruzar com Ariel na cozinha ao sair para o trabalho.

— Vamos nos atrasar para a aula — gritou Ariel para a porta fechada do banheiro. Rusty estava no banho há muito tempo. — Não é você quem normalmente se preocupa com esse tipo de coisa?

— Tenho tempo de sobra — gritou Rusty de volta, mais alto que o barulho da água que caía. — É você quem vai ter que cumprir detenção se chegar atrasada mais uma vez.

Ariel se apoiou na porta. Rusty tinha razão. Ela estava a uma anotação de ir para a detenção. Normalmente não se importava de ficar na escola até mais tarde, pois fazia boa parte do dever de casa assim. Mas da última vez que ficara presa na escola, perdera a chance de ir a Atlanta com Chuck. A única forma de se assegurar que aquilo não aconteceria novamente era fazer o que ela sabia que tinha que fazer.

— Certo — disse Ariel. — *Sinto muito. Sinto muito* por ter feito uma cena no autódromo. *Sinto muito* por tê-la deixado preocupada. E *sinto muito, muito mesmo*, por ter tropeçado e caído em cima de você quando entrei pela janela ontem à noite.

A água parou de cair.

— Isso não soou muito genuíno.

— Soa melhor quando não há uma porta entre nós — disse Ariel. Ela suavizou o tom de voz. — Mas eu realmente sinto muito. E realmente estamos atrasadas para a aula.

A porta se abriu atrás de Ariel, quase a derrubando no chão. Quando se virou, ficou surpresa ao ver que Rusty já estava vestida, com a bolsa pendurada no ombro e uma expressão séria.

— Certo — disse ela. — Mas realmente devemos ir logo.

Ariel ficou dividida entre rir e rosnar, enquanto as duas saíam para a escola. Rusty a deixaria se livrar de um assassinato, mas sempre chegava uma hora em que fazia questão de mostrar a Ariel o quanto era sortuda por ter uma amiga tão tranquila.

Elas chegaram à escola com tempo suficiente para estacionar o carro em uma das vagas boas.

— Ráá! — gritou Ariel com um entusiasmo sarcástico quando passaram debaixo da faixa que dizia "Vamos Panthers". Aquele era o ritual diário delas, uma forma divertida de tirar um sarro do espírito de equipe. Como se ligassem para o time de futebol americano.

Rusty estava calada. Parecia que a desculpa ainda não tinha sido totalmente aceita.

— Você vai ficar de cara amarrada o dia inteiro? — perguntou Ariel. — Já falei que sinto muito.

Rusty finalmente cedeu, permitindo o primeiro sorriso do dia. Raramente demorava tanto tempo para fazer a amiga sorrir depois de uma discussão entre as duas, então foi especialmente agradável ver aquele sorriso.

— É segunda-feira — disse Rusty. — Todos têm uma chance de se redimir.

Ariel não tinha tanta certeza de que ganhara outra chance para se redimir, mas, no momento, estava feliz por poderem deixar aquilo para trás. Teria dito isso, mas um som estranho chamou sua atenção, junto com os olhares de todas as outras pessoas no estacionamento dos alunos.

Um velho Fusca entrou no estacionamento, tocando aos berros uma música que Ariel não reconheceu. Ela nunca tinha visto o carro também, mas a pessoa atrás do volante era, de certa forma, familiar. Era o rapaz que tinha conhecido depois da igreja: Ren McCormack. Ouvira boatos de que ele já havia recebido uma multa por perturbar a paz. Parecia que aquilo não o tinha acalmado muito. Não o suficiente para impedi-lo de fazer a mesma coisa novamente. Talvez Ariel não fosse a única pessoa que sabia fazer uma entrada triunfal.

Capítulo 7

Talvez ele devesse ter desconectado o iPod da sirene de tornado.

Ren esperava que algumas cabeças se virassem assim que se aproximasse da escola, porque era o aluno novo e tudo mais. Mas a forma como cada aluno no estacionamento olhou para ele, como se tivesse acabado de descer da nave-mãe, foi um pouco mais de atenção do que Ren tinha previsto. Ninguém olhava daquele jeito para ele quando chegava de carro na antiga escola com o rádio no último volume; normalmente as pessoas apenas sintonizavam a estação que ele estava escutando e cantavam junto. Mais uma lembrança de que ele estava muito longe de casa.

Ren frequentava a escola pública em Boston. Não era a parte mais rica da cidade, mas os garotos com sorte suficiente para terem carros por lá normalmente tinham modelos deste milênio. O estacionamento da Bomont High estava lotado de carros que estavam no mundo há mais tempo que seus motoristas. Era quase evidente que todo mundo que tinha um carro provavelmente sabia como consertá-lo; eles teriam que saber se os quisessem funcionando. Ren era um dos poucos garotos em Boston com essa habilidade.

Ele abriu a porta do lado do motorista e saiu do carro, dando a todos uma visão melhor dele mesmo. Tentou manter a calma, mas os olhares eram desconcertantes enquanto andava até a entrada.

No mar de rostos, o primeiro que se destacou foi o que havia conhecido no dia anterior. Ariel parecia determinada a não notá-lo, mas a amiga claramente não estava por dentro do plano.

— Essa gravata é legal — disse a amiga enquanto ele passava. — Estou falando sério. Não deixe ninguém dizer o contrário.

De novo a gravata...

Ren não sabia se ela estava sendo sarcástica ou sincera. Ela parecia bastante amigável, alegre e sorridente, enquanto Ariel se mantinha fria e distante. Ren gaguejou um "obrigado", torcendo para não estar agradecendo por um insulto. Ele tentou se lembrar do nome da garota, mas não conseguiu. Ariel tinha dito no dia anterior, quando precisara de alguém para confirmar sua mentira. *Dusty, talvez.*

— Rusty — disse ela, oferecendo seu nome com um sorriso caloroso que parecia bastante verdadeiro.

Ren balançou a cabeça e olhou para a amiga dela. Ele obviamente se lembrava do nome dela, mas não queria demonstrar que se lembrava.

— Ariel, não é?

— Muito bem.

Ela se virou casualmente para longe dele e se afastou. Rusty se apressou em segui-la.

Ótimo, pensou Ren. Desinteresse suficiente para mantê-lo interessado. Ela podia não saber muito sobre mentir para adultos, mas certamente tinha prática em mexer com a cabeça dos rapazes. Ele teria que descobrir alguma forma de forçá-la a realmente notá-lo um dia desses. Esse tipo de projeto poderia tornar a cidade um pouco menos entediante.

A escola não parecia mais interessante que o resto de Bomont. Era um típico prédio de tijolos vermelhos que tinha exatamente a aparência que Ren achava que teria.

Todos olhavam para ele dentro do prédio também. Alguns rapazes zombaram de sua gravata. Garotas cochichavam e davam risadinhas. Ele estava preparado para a fofoca, mas aquilo era ridículo. Ainda nem havia feito nada digno dos comentários das pessoas. Será que não tinham coisas mais interessantes acontecendo em suas vidas?

Provavelmente não.

Ren passou por uma grande janela que dava para a sala do diretor. Roger, o homem que tinha conhecido depois da igreja no dia anterior, estava do lado de dentro, tentando parecer casual enquanto ficava de olho em cada aluno que passava. O nome na porta era "Dunbar".

Ren fingiu não notar o diretor Dunbar acenando quando passou pela janela. A última coisa de que precisava era que todos achassem que eles eram amigos de longa data.

Como tinha acabado de ver o diretor, Ren concluiu que a secretaria era perto. Ele precisava pegar o horário das aulas e descobrir qual era o seu armário, preencher toda a papelada e outras coisas. De preferência antes de o primeiro sinal tocar.

Um mostruário na parede o distraiu. Uma guirlanda fúnebre estava pendurada atrás do Blindex junto a uma foto emoldurada de cinco alunos. Eles eram claramente amigos íntimos pela forma como estavam posando juntos para a foto. Os sorrisos em seus rostos pareciam cheios de alegria, como se todos soubessem de uma piada secreta que a pessoa que estava vendo a foto não conhecia. Os três rapazes usavam uniformes de futebol americano. As garotas estavam vestidas de forma casual. Uma delas calçava tênis de cano alto rosa. Uma pequena placa sob a guirlanda dizia "Vocês não vão sumir de nossas vidas".

Era apenas isso. Nenhum nome. Nenhuma explicação sobre o que aconteceu a eles, por que estavam sumidos da vida de alguém. Aquilo fazia sentido, no entanto. Qualquer coisa que resultasse na morte de cinco adolescentes em uma cidade daquele tamanho não era algo que precisava ser explicado. Todo mundo devia saber a história; apenas pessoas de fora precisariam de pistas.

Ren empurrou a mensagem sombria para fora da mente e se virou para continuar descendo o corredor, batendo de frente em um rapaz alto e forte que tinha braços grandes e um corpo desengonçado.

— Ei, por que você não olha por onde anda?

Ele tinha o sotaque sulista mais carregado que Ren já tinha ouvido.

— Desculpe. — O cérebro de Ren ainda estava chacoalhando um pouco por causa da colisão. — Eu simplesmente não...

— É como dirigir — disse o rapaz, interrompendo-o. — Mantenha-se do lado direito do corredor.

Certo, agora o cérebro de Ren estava funcionando novamente. Ele não ia deixar um jeca qualquer de camisa camuflada e boné de caminhoneiro achar que era ele que não sabia andar.

— É difícil ver você com toda essa camuflagem. Não deveria estar usando um daqueles coletes laranja para que os caçadores não atirem em você?

— Eu nunca usaria laranja — disse ele. — Não sou torcedor do Tennessee Vols. Torço para o Georgia Bulldogs, fanático. — Era como se ele estivesse falando uma língua diferente e não apenas por causa do sotaque. — De onde você é? — perguntou ele. — Você fala engraçado.

Ren soltou uma risada debochada. A imagem de um roto e um esfarrapado veio à sua mente.

— *Eu* falo engraçado? Você devia se escutar da minha posição.

Tio Wes provavelmente o teria advertido a segurar o sarcasmo. *Não vai querer passar uma primeira impressão ruim.* Mas Ren não estava realmente preocupado em impressionar aquele jovem.

— Boston — disse ele, respondendo a pergunta do rapaz. — Massachusetts. Fica nos Estados Unidos.

— Sim, li sobre isso em algum lugar. — A mão do rapaz grandão se moveu. Por um breve momento Ren achou que estava prestes a levar um soco por causa das piadinhas, mas o sorriso que acompanhou a mão estendida dizia o contrário. — Sou Willard.

Ren apertou a mão de Willard e se apresentou.

— Ren McCormack.

— Alguém já pegou no seu pé por causa dessa gravata? — perguntou Willard.

Apenas todo mundo. Mas Willard não precisava saber daquilo.

— Bem, o dia acabou de começar — disse Ren.

As coisas começaram a parecer um pouco mais promissoras depois daquilo. Willard mostrou a Ren onde ficava a secretaria e o acompanhou para se assegurar de que ele chegasse lá em segurança. O rapaz parecia um filhote de cachorro e passou o resto da manhã seguindo Ren pela escola. Como tinham praticamente o mesmo horário, aquilo fez sentido. A escola não era grande o suficiente para se perder dentro dela, mas Willard o salvou de pegar alguns caminhos errados entre as aulas.

Na hora em que chegaram à aula de educação física, Ren já tinha uma boa ideia da disposição do lugar. Trocou de roupa rapidamente no vestiário e saiu com o resto da turma. Iam fazer atletismo, mas não era uma atividade organizada, pelo que Ren podia ver.

Na metade do período, foi a vez de Ren se preparar na linha de partida da pista. Willard estava ao lado dele. O professor de educação física, treinador Guerntz, latia as ordens enquanto os alunos se preparavam para a largada.

— Mantenham essas cabeças abaixadas. Abaixadas! Até o final! Bom. Próximo grupo, em suas posições, e... Já!

Ren partiu, deixando Willard e os outros na poeira. Era apenas um tiro curto, mas a sensação de fazer o sangue bombear novamente era boa. Ele não precisava que o treinador lhe dissesse como era rápido. Os olhos que o seguiram pela pista finalmente tinham algo interessante para observar. Ele ganhou a corrida facilmente e os sorrisos de aprovação de um grupo de meninas perto dele. Era uma pena Ariel não estar entre elas.

Ele a tinha visto algumas vezes durante o dia. Tiveram duas aulas juntos. Toda vez que se cruzavam, ela estava compenetrada em uma conversa com Rusty, ou perdida em seu próprio mundo. A forma como mal notava a presença dele fazia Ren se perguntar se tinha imaginado aquele momento constrangedor na igreja. Talvez aquilo não tivesse significado nada no fim das contas. Talvez tivesse sido apenas... constrangedor.

Ren entrou na fila com um monte de outros rapazes para usar a mangueira que servia como bebedouro improvisado. Ele esperou sua vez enquanto o treinador gritava ordens inúteis sobre a forma correta de se beber água gelada durante o exercício. Aquele devia ser o seu jeito, uma forma de exercer controle explicando como os alunos deveriam fazer todas as coisas.

O garoto que estava acabando de beber passou a mangueira a Willard:

— Você parece um pouco vermelho, Willard.

— Minhas bochechas são naturalmente coradas — disse ele, entre respirações ofegantes. O tiro o tinha deixado um pouco sem ar. Ele parecia bem mais pálido agora, especialmente quando comparado à pele mais escura do rapaz que estava lhe entregando a mangueira. — Ren, este é Woody, o capitão do nosso time. Mas você não precisa cumprimentá-lo.

Ren esticou a mão.

— Prazer em conhecê-lo.

Woody se juntou a eles conforme passavam por cada uma das estações que o treinador tinha preparado para os alunos. A aula não era muito mais do que exercícios aleatórios enquanto o treinador se esgoelava sobre absolutamente nada. Aquilo deixava tempo suficiente para conversar, então Ren não se importou. Principalmente porque a conversa era na maior parte sobre ele.

— Se você continuar a correr rápido assim, o treinador Guerntz vai perturbá-lo para entrar para o time de futebol americano — disse Woody.

Eles estavam parados junto à fileira de barras de metal para fazer flexões. Willard estava no meio de uma série.

Ren tinha ficado com medo de algo assim acontecer quando decidiu não se segurar na aula de educação física. Ele recusava ofertas para participar de outras equipes esportivas o tempo todo em sua antiga escola, como se os treinadores não percebessem que ele já estava envolvido em um esporte.

— Essa realmente não é a minha praia.

Willard se soltou da barra.

— Não existe muito mais coisas para se fazer nesta cidade no que diz respeito a esportes ou atividades extracurriculares.

Ren se posicionou na barra e fez uma série de flexões rápidas. Ele sabia que devia ir devagar, que não devia se exibir. Mas ele não malhava de verdade havia semanas. Era melhor botar os músculos para trabalhar novamente.

— Eita-porra! — disse Willard.

Ren perdeu o ritmo das flexões e quase escorregou da barra. "Eita-porra" era uma expressão nova para ele. Nem mesmo sabia como Willard tinha criado aquilo.

— Você disse que não gosta de esportes? — perguntou Woody.

Ren se manteve pendurado na barra, com os braços esticados.

— Não disse isso. Só não gosto de futebol americano.

Willard parecia confuso. Em seu mundo provavelmente não existia outro esporte além de futebol americano.

— Então de que você...

Ren o interrompeu elevando as pernas e lançando o corpo em um giro que o fez passar sobre a barra de metal, dando-lhes uma palhinha de suas habilidades na barra fixa. Ele parou, pendurado no ar, se divertindo com os engasgos de surpresa de Willard e Woody.

— Eu fazia parte da equipe de ginástica olímpica da minha escola — explicou Ren. — Ganhei o campeonato regional. Tenho alguns troféus. Nada de mais.

Três rapazes que estavam ao lado da outra barra também assistiam. Eles não pareciam nem um pouco impressionados.

— Se você quiser, tem uma trave de equilíbrio que as líderes de torcida usam para praticar — disse um deles.

— Sim, podem lhe dar um bastão e você pode ficar girando o dia inteiro. — O outro entrou na conversa.

Ren se soltou da barra. Ouvira muito aquele tipo de coisa desde que começara na ginástica olímpica. Nada novo. Tinha muita experiência em lidar com aquilo sozinho, mas Willard já estava se aproximando dos rapazes de forma ameaçadora. Isso não ia acabar bem para Willard.

O terceiro rapaz se intrometeu antes que as coisas fossem longe demais.

— Vá com calma, Willard. Você não quer ser suspenso de novo. Sua mãe pode precisar dar uma surra em você.

O trio se afastou enquanto Willard ficou quieto, de cara amarrada.

— Por que ele foi suspenso? — cochichou Ren para Woody.

— Por brigar.

Willard se virou para eles com uma ponta de sorriso que indicava que ele não tinha vergonha da suspensão.

— Sou conhecido por não deixar barato.

Willard não parecia alguém que se metia em muitas brigas, mas Ren conhecia muitos rapazes bem menores que Willard que eram bons de briga.

A quase briga passou completamente despercebida pelo treinador, que estava ocupado dizendo a um grupo de alunos qual era a forma certa de fazer exercícios de relaxamento. Ele acabou desistindo e liberou todos para voltarem ao vestiário e se trocarem.

O almoço veio em seguida. Ren entrou na fila para se servir com Willard. Ele estava feliz por evitar a manobra constrangedora de descobrir onde se sentar no primeiro dia de aula. Eles foram até o lado de fora do pátio enquanto Willard falava de seu assunto favorito: futebol americano.

— No ano passado o time principal chegou ao campeonato regional. Alugaram um ônibus para nos levar até lá. A emoção nunca termina.

Willard levantou os polegares mostrando um entusiasmo fingido, depois de colocar sua bandeja na mesa. Ren se sentou em frente a ele.

— Você já esteve no exterior?

— Já fui ao Alabama. Isso conta?

— Na verdade, não — respondeu Ren. Apesar de naquela parte do país provavelmente contar. — Há dois anos eu fui à Rússia com minha equipe de ginástica olímpica. Para uma cidade colada a Moscou.

— Não sei se eu gostaria disso — disse Willard. — Parece que seria entediante.

Ren sorriu. Hora de se divertir um pouco.

— Você sabe alguma coisa sobre garotas russas?

— Ouvi dizer que elas variam de aterrorizantes até lindas de morrer.

— Bem, posso comprovar a segunda parte. — Ren percebeu que tinha a atenção total de Willard. — Duas garotas da equipe russa de ginástica olímpica me tiraram do dormitório no meio da noite. E elas eram quentes.

— Como assim quentes? — Willard parecia confuso. — Ah, você quer dizer que elas eram gostosas? Por favor, conta.

— Nós fomos a uma boate e a música estava ensurdecedora. Eles deviam ter umas três máquinas de fumaça lá, porque não dava para ver nada. Estávamos os três embolados, cobertos de suor. Foi ótimo. Dançamos a noite toda.

Willard se inclinou para a frente na cadeira.

— E então? O que aconteceu depois disso?

Ren encolheu os ombros e soltou um sorriso. Aquela era basicamente a história inteira, mas Willard não precisava saber daquilo. O grandão não parecia nem um pouco satisfeito com aquela resposta.

— Aqui no sul, a gente não começa histórias como essa e depois para de contar.

Bem, certo, se era uma história o que ele queria, Ren ficaria feliz em providenciar uma. Ele também inclinou o corpo para a frente, como se não quisesse que ninguém mais ouvisse. Aquilo tudo era para o bem de Willard.

— Bem, não preciso nem dizer que as duas eram muito flexíveis.

A partir daquilo, Ren produziu uma história que faria um jogador de futebol americano corar. Willard estava prestando atenção avidamente durante toda a história, até o ponto em que percebeu que era tudo brincadeira.

— Ah, cara — disse Willard. — Não é justo. Você me deixou todo animado e nem chegou a lugar nenhum com elas.

— Mas nós dançamos — acrescentou Ren, melancolicamente. — Dançamos até não aguentar mais.

Capítulo 8

Andy Beamis parecia ser um sujeito bastante decente. Ele deu uma olhada em Ren quando o garoto parou o carro no Moinho de Algodão Beamis, inclinou a cabeça de uma forma que dizia "posso trabalhar com isso" e começou a lhe mostrar o lugar. Ren concluiu que Andy devia ser muito amigo de Wes, pois seria a única explicação para ele considerar, ainda que de modo remoto, contratar alguém tão claramente fora de contexto.

— Você sabe como operar uma empilhadeira? — perguntou Andy.

— Nã-ã.

Ele nem mesmo sabia o que era uma empilhadeira.

— Você sabe usar uma máquina de costura?

— Não sei — admitiu Ren. — Nunca vi uma.

Andy fez uma pausa, como se estivesse repensando todo o combinado.

— De onde você falou que era?

— Boston, Massachusetts.

Andy balançou a cabeça.

— Alguém lhe ensinou algo útil lá no norte?

— Apenas o suficiente para me virar — disse Ren. — Mas estou ansioso para que vocês aqui possam me ensinar o LEC.

— O LEC?

— Leitura, Escrita e Caipirice — disse Ren, em sotaque mais carregado que o de Willard.

Dessa vez a pausa foi um pouco mais comprida que a última. Ren teve medo de ter ido longe demais, de ter mostrado sarcasmo ianque demais. Aquela não era a forma ideal de tratar um possível patrão. O rosto de Andy foi se transformando lentamente até mostrar um sorriso compreensivo.

— O pessoal anda pegando no seu pé?

Ren balançou a cabeça. A escola até que estava indo bem graças a Willard, mas aquilo não significava que as pessoas o estivessem recebendo de braços abertos. Os cochichos e olhares o seguiram pela cidade nos primeiros dias, como se todos estivessem esperando que ele fizesse algo errado. Certamente não ajudou o fato de Bomont ter as próprias peculiaridades malucas.

Como Ren devia saber que os alunos do último ano tinham uma lista de leitura extremamente limitada? Ele tinha escolhido *Matadouro 5* para o primeiro trabalho da aula de inglês e a professora ficara louca, dizendo-lhe que ele não podia ler aquele lixo na sala de aula. Os próximos três livros que ele escolheu também foram recusados, o que foi ridículo. A razão principal por que os tinha escolhido era que já os tinha lido para a escola havia anos. Era como se algumas das regras existissem apenas para fazer desconhecidos se sentirem forasteiros, independentemente do que fizessem.

— Posso imaginar — disse Andy. — Você é jovem. De fora da cidade. Você é um sabichão.

Bem, então era isso. Talvez ele devesse ter levado Wes a sério com relação ao sarcasmo.

— Você pode começar na quinta-feira? — perguntou Andy.

A pergunta o pegou desprevenido.

— Sim. Sim, senhor.

Andy colocou a mão no ombro de Ren.

— Vou ajudá-lo com a parte de leitura e escrita. A caipirice é por sua própria conta.

Ah, mas Ren teve muita ajuda com aquilo enquanto se virava na cidade na semana seguinte. Bomont era diferente de Boston não apenas por ser menor. As pessoas pareciam diferentes. Até mesmo as atividades eram diferentes.

A presença semanal na igreja era agora obrigatória. Um ponto que não podia ser negociado com os tios. Não era como se gastar uma hora por semana com aquilo fosse o fim do mundo ou algo assim, mas os sermões do reverendo estavam começando a parecer congelados no tempo, presos a uma época em que as pessoas se queixavam de qualquer coisa nova ou diferente. Sendo a coisa mais nova e diferente na cidade, Ren não podia evitar levar aquilo para o lado pessoal, apesar de estar ciente de que o pastor não falava diretamente dele.

Ren sabia que não estava sendo totalmente justo com a cidade, mas o povo dali também não estava sendo tão acolhedor com ele. Tirando Willard e Woody, não tinha feito nenhum amigo nas duas primeiras semanas. Ariel continuava a ignorá-lo e nenhuma outra garota da escola tinha lhe causado interesse da mesma forma que ela. Sabia que Ariel estava fazendo joguinhos ao ignorá-lo, mas aquilo o atingia mesmo assim.

Os rapazes foram ajudá-lo com o carro depois da igreja. O Fusca estava andando razoavelmente bem depois de todas as mudanças que tinha feito nas duas últimas semanas, mas não seria nada mal tentar fazê-lo ficar menos barulhento. Ele só se meteria em mais encrenca se tentasse encobrir o barulho com música.

Havia algo sobre o que Ren queria conversar, mas não queria parecer muito ansioso para discutir aquilo.

— Então, qual é a história da filha do pastor? — perguntou ele, como se realmente não desse a mínima. Se Ariel podia fazer aquilo, ele também podia. — Toda vez que falo com ela, ela me dá um fora.

Woody limpou um pouco de graxa na testa.

— Antigamente ela costumava ser uma santinha. Agora quer parecer que é encrenqueira. Usa a calça jeans toda apertada...

— Você pode colocar uma moeda no bolso traseiro dela e dizer se é cara ou coroa — acrescentou Willard, soando como um homem com bastante experiência em olhar para aquele bolso traseiro.

Ren fez pouco caso para que eles não ficassem com a ideia errada. Ou a ideia certa.

— Só estava curioso. Não perguntei como se quisesse levar a garota para dançar.

Willard riu como se Ren tivesse acabado de contar uma piada.

— Isso seria bem difícil, levando em conta que é ilegal.

— O quê? Sair com a filha do pastor?

Aquela era uma cidade realmente muito, mas muito estranha.

— Dançar em público é contra a lei — disse Woody.

— Sério?

Aquilo era ainda mais estranho do que Ren imaginava.

— Tem sido assim há três anos — disse Willard.

Eles só podiam estar de brincadeira. Zombando do garoto novo na cidade. Mas o olhar nos rostos deles dizia a Ren que eles não estavam inventando.

— Vocês estão falando sério? Quer dizer que Bomont High não tem bailes?

Aquilo não fazia nenhum sentido. Como uma cidade inteira podia concordar em não dançar?

— Existe o que chamam de Baile do Outono — explicou Willard. A forma como ele falou fez parecer que aquilo não era bem uma festa. — Acontece na igreja. A cidade inteira vai. Os olhos de todos ficam sobre você. E durante uma música, o fazem dançar com sua mãe.

Aquela última parte não parecia tão ruim para Ren, mas todo o resto não era exatamente sua ideia de diversão.

— As escolas não querem sediar bailes em suas propriedades — acrescentou Woody. — Elas não querem ser responsabilizadas.

— Responsabilizadas por quê? — perguntou Ren.

Willard encolheu os ombros.

— Não há muita coisa para se fazer em uma cidade pequena depois de um baile a não ser ficar bêbado ou engravidar.

— Ou morrer — acrescentou Woody com toda a seriedade. — Foi isso que começou esta coisa toda. Cinco alunos do último ano morreram em uma chopada depois de um jogo de estreia. Foi quando a cidade inteira ficou louca, botando a culpa na bebida, na música, na dança. Em pouco tempo todo mundo começou a achar que dançar era um pecado.

Aquilo explicava o memorial no meio do corredor da escola. Ren tinha passado por ele muitas vezes desde o primeiro dia, mas nunca pensou em perguntar a ninguém o que aquilo significava. Parecia muito óbvio que os adolescentes haviam sofrido um acidente trágico. Nunca passou por sua cabeça que aquilo tinha levado a algo assim.

— Um pecado? — perguntou Ren. — Estamos falando da lei, não de Céu e Inferno.

Willard balançou a cabeça.

— Você pode falar sobre isso com o reverendo Moore.

Ren não imaginava aquilo acontecendo tão cedo.

Capítulo 9

Depois de algumas semanas sendo ignorado, Ren estava prestes a desistir de Ariel. Mas é mesmo difícil abandonar velhos hábitos, porque de alguma forma sua mão simplesmente teve que acenar para ela uma última vez enquanto ele e Willard iam embora da escola na sexta-feira à tarde.

Ren quase tropeçou nos próprios pés quando ela acenou de volta. *Certo, não demonstre muito interesse.* Agora que a porta estava aberta, ele queria se aproximar e dizer oi, mas não queria abusar da sorte. Melhor ficar apenas no aceno e esperar por mais na próxima vez.

O ronco de um motor atrás dele o fez perceber seu erro. Ariel não estava acenando para ele, mas para o motorista da enorme caminhonete que parava no estacionamento.

O sujeito atrás do volante fez ainda mais barulho do que o motor quando gritou para ela.

— Boa-tarde, pequena menina colegial. Entre no carro. Você pode me contar tudo sobre a aula de álgebra.

Ren observou Ariel entrar na caminhonete. Então, para piorar tudo, os rapazes que tinham encrencado com ele na aula de educação física, no primeiro dia de aula, se amontoaram no banco de trás. Desde aquele dia, Rich, Russel e Travis não tinham exatamente mantido o ódio por Ren um segredo. Ele não sabia o que tinha feito para merecer a atenção deles, mas já tinham tido alguns pequenos desentendimentos. O gorila no banco do motorista permanecia um mistério.

— Lá está ele, bem ali! — gritou Rich, apontando freneticamente para Ren, para que não houvesse nenhum engano sobre de quem ele estava falando.

— Onde está sua gravata, figurão? — gritou o motorista.

Sério? A gravata ainda era um assunto tão importante? Ele não a tinha usado desde o primeiro dia. Ren ignorou o sujeito ao entrar no Fusca com Willard.

— Ótimo — disse Willard. — É o Upchuck.

— Você não soube? — gritou Russel, fazendo um espetáculo para todos que iam pegar seus carros. — Ele é um grande astro da ginástica olímpica.

Ótimo. Aquilo também pegou. Ren também não tinha feito nenhum movimento de ginástica olímpica desde a primeira aula de educação física. Aqueles garotos tinham boas memórias para cérebros tão pequenos.

Chuck resolveu comentar aquela informação.

— Ginástica olímpica? De onde eu venho, as únicas pessoas que gostam de ginástica olímpica são meninas e bichas. Qual dos dois você é?

Ren não podia deixar aquela passar.

— É mesmo? Bem, de onde eu venho, as únicas pessoas que ainda usam a palavra "bicha" são retardadas ou babacas. Você possivelmente é os dois.

Ele terminou a conversa pisando no acelerador e saindo com o carro, mas não antes de ser recompensado com o som da risada de Ariel. Uma pena Chuck tê-la feito parar rapidamente com um olhar fulminante.

Willard mostrou a Ren o caminho para fora da cidade até um antigo ferro-velho abandonado onde eles esperavam achar algumas peças para o Fusca. O carro estava andando muito bem agora, mas Ren queria ter algumas peças sobressalentes à mão para uma emergência. Era um veículo de manutenção complicada. Willard concluiu que eles conseguiriam achar algumas tranqueiras no cemitério de automóveis.

A mente de Ren não estava no carro enquanto andavam por entre os montes de metal enferrujado.

— Então, me conta sobre esse tal de Chuck — pediu ele a Willard. — Por que Ariel está com ele, afinal de contas?

— Ele é o típico bad boy de berço de ouro — falou Willard. — Toda cidade tem o seu.

— Sim — concordou Ren. — Tínhamos muitos em Boston.

Aquela era uma coisa pela qual não se podia culpar Bomont. Babacas eram universais.

— Rusty diz que Ariel está apenas fazendo gênero — disse Willard. — Que Chuck é apenas uma fase.

Ren percebeu a forma emotiva como o amigo falou o nome de Rusty. Aquela garota era a única esperança do plano para chamar a atenção de Ariel. Toda vez que Ariel o ignorava, Rusty estava presente para responder por ela, eloquentemente, para se assegurar de que ele soubesse que as duas o haviam notado. Agora parecia que Willard vinha fazendo um trabalho de reconhecimento por conta própria.

— Ah? — Ren deu um tapa no braço de Willard. — Rusty disse isso? Vocês dois falam muito sobre essas coisas?

Willard revelou um sorriso tímido.

— Bem, é uma cidade pequena. Não há muita gente com quem conversar. Conheço a Rusty há anos.

— Ahm, e aí? — disse Ren. — O que você disse mesmo sobre começar histórias e não terminar de contar?

— Não tem história nenhuma para contar — disse Willard. — E não vou inventar uma para você se divertir. Isso seria faltar com o respeito.

Ren riu. Sempre cavalheiro.

— Certo, certo, mas não pedi para você fazer isso.

Um espelho lateral enferrujado saiu na mão de Willard quando ele tocou o destroço queimado ao seu lado.

— O que estamos fazendo aqui mesmo?

— Não tenho a menor ideia — disse Ren, olhando para todo aquele lixo. A maior parte daquilo era inútil para ele. — Isso foi ideia sua.

O rosto de Willard se iluminou.

— Bem, acabei de ter uma melhor. Vamos.

Eles correram de volta para o carro de Ren e Willard os guiou para fora do ferro-velho e de volta às ruas de Bomont até chegarem ao Starlite Drive-in. Ren não estava realmente com vontade de ver um filme, mas aquilo deixou de importar quando ele viu o imenso rasgo na tela.

— Eles não passam filmes aqui há anos — disse Willard. — Mas a lanchonete serve o melhor churrasco da cidade.

A lanchonete estava lotada para o início de uma noite de sexta-feira, mas todo mundo estava quieto demais. Ninguém parecia se divertir. Aquilo provavelmente tinha algo a ver com o policial Herb tomando conta do local enquanto ficava encostado na sua viatura, comendo um espetinho de salsicha.

— Verei você bem no começo da próxima semana, McCormack — disse Herb com a boca cheia de comida quando os rapazes passaram.

Ren respondeu a pergunta que Willard não tinha feito.

— Tenho que ir ao tribunal de trânsito.

— Por quê? — perguntou Willard.

O Fusca ainda mal podia chegar ao limite de velocidade na maior parte do tempo, então era uma pergunta pertinente.

— Por escutar Quiet Riot.

— Quem?

Ren não sabia muito bem se Willard estava zombando dele ao fingir que nunca ouvira falar de Quiet Riot, ou se aquilo realmente era verdade. Fazia perfeito sentido que o amigo não tivesse tido nenhuma exposição aos clássicos em uma cidade em que ninguém tinha permissão para se divertir.

A lanchonete estava lotada com tantos adolescentes dentro dela quanto no estacionamento, provavelmente porque aquele era um dos poucos lugares na cidade que não estava cheio de adultos. Era um pé-sujo gordurento o suficiente para manter qualquer pessoa com melhores opções de jantar afastada, mas não tão nojento a ponto de Ren não comer lá. Woody estava na fila do balcão com a namorada, Etta. Ele acenou quando viu Ren.

— Qual é, McCormack? Está com fome?

— O que é bom aqui? — perguntou Ren.

O cardápio tinha os básicos: hambúrgueres, batatas fritas e uma seleção insalubre de carnes de churrasco. Havia também alguns itens alienígenas de comida que Ren não conseguia nem começar a entender. "Alienígena" era definido como qualquer coisa que ele não veria em um cardápio em Boston.

O sorriso nervoso no rosto de Willard fez mais sentido quando Ren viu Rusty se aproximando deles com uma embalagem de papel cheia de algo que parecia ser uma porção de Doritos afogada em queijo e algum tipo de carne. Ren não achou que o sorriso bobo de Willard tinha alguma coisa a ver com a comida.

— Frito Pie é o que há — disse ela. — E se você é homem, vai colocar algumas pimentas jalapeño por cima.

Ren não conseguia imaginar nenhuma das garotas que ele conhecia em Boston comendo aquela porcaria, mas Rusty não hesitou. Como se não ligasse a mínima para o que qualquer um achasse de seus hábitos alimentares. Ren pegou um Frito coberto de queijo e jogou na boca. *Nada mau.*

Willard não teve tanta sorte. Rusty afastou a comida quando ele tentou pegar um pouco.

— Tire os dedos da minha comida.

O sorriso que ela exibiu mostrou a Ren que Rusty tinha aprendido algumas lições com a amiga sobre bancar a difícil com garotos. Ou talvez ela soubesse o suficiente sobre o assunto sem a ajuda de ninguém. Considerando a forma como Willard olhou para ela, Rusty parecia estar se saindo bem sem Ariel por perto.

— E esse cara? Você não sabe por onde os dedos dele andaram — disse Willard apontando para Ren.

Ela respondeu botando outro Frito na língua. Fez aquilo de forma tão divertida que Ren teve que rir. Rusty era, na verdade, bastante divertida.

Um ronco agora familiar sacudiu a lanchonete e as cabeças se viraram na direção do estacionamento. Ariel ainda estava sentada no banco do carona da caminhonete de Chuck com o trio de otários no banco traseiro.

— Achei que Ariel viria com você — disse Etta a Rusty.

— Sim, bem, Ariel tem os próprios planos. Eu simplesmente não tenho feito parte deles. — Rusty se virou para Ren. — O que você faz quando as pessoas que você ama o desapontam?

— Nem me faça começar — respondeu Ren.

Um assobio vindo da cozinha chamou a atenção de todos.

— Woody! Woody! Cheque a retaguarda, cara — gritou o cozinheiro lá de dentro.

Os olhos de Woody foram diretamente para a viatura do policial Herb enquanto ele passava por Chuck e saía do estacionamento.

— O oficial vai se mandar. O que você tem, Claude?

O cozinheiro, Claude, mostrou um CD.

— David Banner, gravação não oficial. Mas prestem atenção... não fiquem muito bêbados aí fora. Ao primeiro sinal da polícia vou desligar a música. Dois de cada vez Woody.

Aquela era uma ordem esquisita. Ren olhou para Willard esperando que ele explicasse.

— O que ele quer dizer com "dois de cada vez"?

— Você recebe uma multa pessoal se for pego dançando de uma forma obscena ou lasciva — disse Willard, pronunciando a palavra "lasciva" tão rápido que dificultou a compreensão de Ren a princípio. — Mas se houver três ou mais pessoas, podem multar o drive-in por sediar um baile não autorizado.

Essa regra de não poder dançar ficava cada vez mais ridícula.

— Achei que ninguém nos Estados republicanos gostasse do governo interferindo em suas vidas — disse Ren.

— Agora, você não *me* faça começar — disse Rusty enquanto jogava o resto de sua Frito Pie no lixo e saía na direção da porta.

Claude pegou o microfone que usava para anunciar os pedidos e o apontou para o aparelho de som portátil. Colocou o CD, e o ar se encheu de música obscena e lasciva. Era uma música antiga, incrementada com uma batida moderna.

Toda a comida foi esquecida enquanto Woody assumia o comando. Ele levou todo mundo para o estacionamento, onde os carros já estavam formando um círculo para que seus faróis pudessem iluminar uma pista de dança improvisada. Eles não perderam tempo se posicionando, como se todo mundo estivesse apenas esperando o policial Herb ir embora.

— Ei, Woody — gritou Claude mais uma vez. — Nada da polícia, cara.

— Woody e todas as outras pessoas dão uma de *Mad Max, além da cúpula do trovão* aqui — explicou Willard.

Ren não sabia muito bem o que ele queria dizer, mas estava prestes a descobrir.

Começou com Woody entrando no círculo de luz e deixando a música fluir pelo corpo. Seus passos eram crus, mas suaves. Pedras pularam e poeira subiu quando ele deslizou para perto de outro rapaz como se o desafiasse.

Os dois se moviam para a frente e para trás em uma batalha de dança, cada um tentando superar o outro. Os passos eram cheios de energia, rápidos e bruscos. Aquilo era street dance. Seus passos vinham da música; não era algo que tivessem aprendido em uma aula. Mas eles eram bons. *Muito bons.*

— Dá para acreditar que aquele é o nosso linebacker? — perguntou Willard.

Aquela era quase a parte menos surpreendente.

A música cercava Ren. Ela não estava saindo apenas do microfone usado para os pedidos, mas também de todas as caixas de som quebradas do drive-in. Claude provavelmente gastara algum dinheiro para mantê-las funcionando, o que dizia muito sobre a forma como ele se sentia em relação à proibição da música.

Um terceiro dançarino se juntou à batalha. Todo mundo em volta da pista de dança de terra começou a gritar e assobiar como sirenes de polícia. Eles celebravam o absurdo da lei, não mostrando nenhum respeito por ela. Um chiado de microfonia surgiu antes de a voz de Claude aparecer no microfone.

— Ei! Vocês parem com isso! Vou desligar a música se ficar muito tumultuado!

Os três dançarinos saíram do círculo, escolhendo outros dois para ocuparem os lugares. Cada um tinha o próprio estilo de dança. Nada formal, nem sempre suave, como se não tivessem a chance de fazer isso com muita frequência. A maioria daqueles passos era aperfeiçoada em seus pequenos quartos: eles se sacudiam escutando música pelos fones de ouvido para que os pais não soubessem o que estavam tramando. Ainda assim, alguns dos dançarinos impressionaram Ren mais do que os garotos em Boston que não davam valor àquele tipo de liberdade.

Ariel estava de pé na caçamba da caminhonete de Chuck, fazendo uma espécie de show. Pareciam posições de balé, até onde Ren conseguia entender. Tinha uma aula de balé depois da ginástica olímpica na ACM quando ele era pequeno; algumas vezes Ren ficava um pouco mais para assistir e conseguiu reconhecer a primeira e a segunda posições daquela época. Ariel estava muito firme, se equilibrando sobre a caminhonete. Ela devia ter estudado aquilo por muitos anos.

Ariel tirou a jaqueta jeans e a dança se transformou de um balé equilibrado em algo lento e sedutor. A música passava despercebida pelos ouvidos dele, ao passo que os olhos se concentravam no corpo dela. Na forma como ela se movia. Aquilo quase o fez se esquecer de que estavam em público. Ele queria se aproximar dela. Se mover com ela.

Mas então a dança ganhou um estilo mais de stripper, enquanto Chuck recostava e assistia. Os amigos dele também assistiam. Praticamente babando. Ren não ficaria surpreso se um deles pegasse uma nota de um dólar e a levantasse. O show estava ficando desconfortável e Ren não foi o único a perceber.

— O que diabos ela está fazendo? — perguntou Rusty, com a voz cheia de preocupação misturada à raiva.

— Enlouquecendo — respondeu Etta.

Ariel girava e se esfregava, no ritmo da música, na caçamba da caminhonete, então saltou entre duas garotas dançando no círculo. A plateia foi à loucura com sons de sirene e outros barulhos mais obscenos enquanto as garotas se moviam com a música.

Era como se ela tivesse dado um tiro de largada, anunciando que era hora de enlouquecer. Todos entraram no círculo, se movendo com um desamparo selvagem. Rusty se esqueceu do comportamento da amiga e quicou sobre os saltos na batida da música. Etta e Woody se moviam em uníssono, seus corpos se complementando, como se tivessem dançado daquela forma antes. Apenas Willard ficou para trás, mas Ren não ia ficar do lado de fora com ele.

Ren começou pelas beiradas junto de todo mundo, mas rapidamente foi se aproximando do centro, chegando mais perto de Ariel. Ao olhar nos olhos dela, podia dizer que ela definitivamente o tinha notado dessa vez. Ele aprimorou a dança um pouco, esperando manter a audiência.

O chiado de advertência do microfone de Claude foi suficiente para mandar quase todo mundo de volta para os carros. Ren ficou feliz ao perceber que Ariel tinha ficado ali com ele. Eles dançaram separados a princípio, como se todas as outras pessoas ainda estivessem na pista de dança. Se ela ia ignorá-lo, ele faria o mesmo. Era o suficiente ficar perto dela por enquanto.

Ele se perdeu na música, se esquecendo por apenas um minuto de que aquela garota linda estava ao seu lado. Aquilo mudou quando viu que tinha a atenção total dela pela primeira vez desde que a conhecera. A dança fez aquilo. Os passos dele. Aquela era a coisa que ela não conseguia ignorar. Naquele momento, Ariel era dele.

Ren usou seus melhores truques, misturando dança à ginástica olímpica, subindo em uma picape 4x4 e dando um mortal de costas de cima do capô. O alarme soou quando a caminhonete azul balançou, acrescentando um novo som à música.

— Ih, cara, desculpe por isso — disse Ren ao rapaz grande que era dono do carro.

— Sem problemas — disse ele, enquanto desligava o alarme. — Faça isso de novo.

Ren não precisou que ele pedisse duas vezes. Subiu na picape e deu outro mortal de costas, fazendo um arco mais alto no ar do que na última vez. Quando aterrissou, cumprimentou o dono da picape e perguntou se Ariel ainda estava observando.

— Oh, ela está olhando — disse o rapaz. — Vá com tudo, garoto.

Ren correu e deslizou na direção de Ariel com uma força incrível, quase caindo no chão. O movimento a encurralou contra um carro. Se existia alguma dúvida a respeito da atração entre eles, tinha se extinguido naquele momento.

— Oi — disse Ariel, com uma voz suave que, de alguma forma, conseguiu sobressair à música alta.

— Oi — respondeu Ren.

— Ren, não é?

Ele sorriu.

— Muito bem.

Eles dançaram juntos, se movendo de forma sedutora com a música. Ren estava se divertindo pela primeira vez desde que tinha se mudado para Bomont. E não era só porque aquela garota linda prestava mais atenção a ele dançando do que nos corredores da escola, apesar de ser uma grande parte da equação. Ainda assim, ele não a tinha completamente. Ela continuava a olhar por cima do ombro, procurando Chuck. A cada giro, Ariel se aproximava um pouco mais de Ren. E dançava de forma um pouco mais vulgar.

Ren podia ver que Chuck estava ficando com ciúmes. *Bom. Que ficasse.* Ren estava se divertindo naquele momento. Mas os olhares de Ariel ficaram cada vez mais frequentes, até que sua concentração estava quase inteiramente em ver o rosto de Chuck se fechando de raiva. Aquilo era demais para Ren. Ele parou de dançar, o que trouxe a atenção dela de volta para ele.

Ariel continuou a se mover de forma provocativa.

— O que houve? Não consegue acompanhar?

— Você pode fazer um show para aquele cara — disse Ren. — Isso não quer dizer que eu vá fazer também.

— Ei — disse Ariel, mas ela não conseguiu terminar.

A música parou repentinamente, acabando com a festa de forma abrupta. A voz de Claude surgiu no microfone.

— Atenção. Ariel, poderia comparecer à lanchonete? Seu pai está aqui procurando por você, Ariel.

Todos se viraram para ver o reverendo Moore parado na porta da lanchonete.

A plateia reagiu para o bem da amiga. Rusty estava especialmente envergonhada. Seu engasgo foi a única coisa que se pôde ouvir no silêncio repentino.

Ren viu uma gota de preocupação nos olhos dela, mas Ariel permaneceu com a expressão impassível o tempo todo.

— Acabou o show — disse ela a Ren, antes de abandonar a pista de dança e seguir para a lanchonete.

O ar, eletrificado com música um momento antes, estava agora quieto como a morte enquanto a multidão se abria para que Ariel pudesse ir até o pai. A conversa particular dos dois era tudo que podia ser ouvido.

— Sua mãe achou que você estava sem dinheiro — disse o reverendo Moore. — Ela me contou que você estaria aqui.

— Pai, eu não estava...

— Acho que seria melhor se você fosse para casa comigo — disse o reverendo. — Agora.

O silêncio permaneceu e todos os olhos seguiam Ariel e o pai enquanto caminhavam até o carro dele. Ren a viu olhar na direção de Chuck. O babaca parecia se divertir com aquilo tudo, fazendo um sinal de "ligue para mim" com as mãos. Não por estar preocupado, mas como se quisesse planejar o próximo encontro deles.

Assim que os dois estavam no carro com a porta fechada, a multidão começou a sussurrar sobre o que tinha acabado de presenciar.

— Ai — disse Willard. — Papai vai dar uma coça nela.

— O que diabos isso quer dizer? — perguntou Ren.

— Quer dizer que ela está em apuros.

Os dois olharam para o outro lado do estacionamento, onde estava Chuck, já de olho em outras garotas à sua volta. Quando viu que olhavam na direção dele, levantou o copo de cerveja e sorriu como se absolutamente nada tivesse acabado de acontecer.

Capítulo 10

Ariel checou a traseira discretamente pelo espelho lateral. O silêncio no círculo de dança acabou quando o pai fechou a porta do motorista. Ele não a bateu; aquilo não seria muito maduro. Considerando todas as conversas acontecendo atrás deles no momento, estava estranhamente silencioso dentro do carro.

Antes de eles saírem com o carro do estacionamento, Ariel já era o assunto da cidade. Aquilo não era nenhuma novidade. Ela já vinha fazendo as más línguas trabalharem há anos. Pelo menos daquela vez era por causa de algo que realmente tinha feito.

Mas o que tinha feito, realmente? Ela tinha dançado. Só isso. E nem estava dançando com o namorado. Era só um rapaz aleatório. O mesmo que a mãe apresentara a ela, na verdade. Aquilo era algo que deveria guardar, para o caso de precisar usar mais tarde.

Ren McCormack estava ocupando mais seus pensamentos ultimamente do que deveria. É claro que ela fingia que não conseguia se lembrar do nome dele, que quase não o notava nos corredores; mas havia algo nele que a atraía. Ele não era como os outros rapazes que chamavam a atenção dela, e aquilo não tinha nada a ver com o fato de ele ser de fora da cidade.

Ren não hesitou nem por um segundo em recriminá-la quando a pegou olhando para trás para ver se Chuck estava assistindo. Qualquer outra pessoa poderia ter notado aquilo, mas ele foi a única pessoa que falou. E ele parou de dançar também. A maioria dos rapazes teria continuado o joguinho, mesmo aqueles que fossem suficientemente burros para saber como Chuck ficaria furioso. Tudo valia a pena por uma aventura com a filhinha do pastor.

Seu pai dirigiu cuidadosamente pela cidade na velocidade habitual, pouco abaixo do limite permitido. Ninguém ia parar o reverendo, mas ele nunca desprezaria as leis que trabalhava com tanto cuidado para manter como membro do conselho e líder moral da comunidade. O engraçado era que Ariel era quase a líder imoral da comunidade.

Obviamente não foi Ariel quem ligou a música. Ela não começou a dança, mas ela foi pega. Na verdade, era a melhor das conclusões, pois ela era a pessoa que não se importava nem um pouco com o próprio destino.

Não mesmo.

Na maioria das vezes.

A casa estava escura quando se aproximaram. Havia apenas uma luz na janela da sala. O reverendo Moore subiu na calçada e desligou o motor, mas não se moveu para sair do carro. Ariel também não. Eles ficaram simplesmente sentados em silêncio, cada um esperando o outro ceder.

Como Ariel esperava, o pai cedeu primeiro, apesar de ele quase não conseguir olhar para a filha.

— Você sabe, Ariel, não posso ficar com você o tempo todo para protegê-la e guiá-la. A forma como estava dançando era vulgar. Por que escolhe celebrar uma música como essa vai além da minha compreensão.

Era como se ele tivesse se esquecido completamente de como era ser jovem.

— Você nunca dançou com a mamãe?

— Claro que dancei. — Ele se virou no banco para ficar de frente para ela. — Mas toda vez que dancei, eu a olhei nos olhos. Eu a tratei com respeito. Hoje, "dançar" é sinônimo de garotas esfregando os traseiros nas virilhas dos garotos. E quando dançam dessa forma, se tornam sexualmente irresponsáveis.

Era a mesma lógica estúpida que ele sempre usava. A ideia de que dançar levava ao sexo. Pessoas faziam sexo sem nenhum acompanhamento musical desde Adão e Eva. Ariel tinha se cansado daquela discussão há muito tempo.

— Podemos pular para a parte prática? Estou de castigo? Vou para a cadeia? O que vai ser?

Moore balançou a cabeça como se tivesse desistido dela. Aquilo doía mais que qualquer coisa que ele pudesse dizer, mais que qualquer punição que ele pudesse impor.

— Ariel, simplesmente não sei o que vou fazer com você.

— Não há nada a fazer, pai. É só isso. Não fica muito melhor.

Ela abriu a porta do carro e saiu. O pai gritou para que ela permanecesse no veículo, mas Ariel não se importou.

Ele desperdiçou a viagem toda ao não falar com ela. Não estava disposta a fazer uma cena na entrada de casa enquanto a mãe esperava sentada do lado de dentro achando que tudo estava perfeito.

Nada tinha sido perfeito na vida de Ariel desde aquela noite, há três anos. Nada mesmo.

Ariel entrou correndo na casa. A mãe estava sentada no sofá, lendo, totalmente alheia à tempestade que se formava.

— Oi, querida — disse ela, inocentemente. — Você voltou cedo. O que você fez esta noite?

— Estava apenas desobedecendo à lei, mãe.

Ariel subiu correndo para o quarto.

— Ariel, nós ainda não acabamos... — gritou o pai para ela.

Ariel bateu a porta do quarto para fazê-lo saber que ela com certeza já tinha acabado. Mas aquilo não era o suficiente. Ela queria bater cada porta da casa. Queria quebrar coisas. Destruir o retrato da família perfeita na escrivaninha. Pisar na caixinha de música de unicórnio que o pai lhe dera no aniversário de 8 anos. Mas aquilo só provaria que ele estava certo, que ela era uma criança. Que não era suficientemente madura para dançar sem que aquilo levasse a problemas.

Em vez disso, Ariel se jogou sobre a cama e ficou escutando as vozes abafadas dos pais na sala. Não conseguia distinguir as palavras, mas não precisava. Havia escutado muitas daquelas conversas anteriormente.

Ah, os pais eram muito bons em deixar de perceber todos os aspectos em que a filha havia mudado ao longo dos anos, desde o acidente. Ela era muito boa em esconder a vida deles. Mas havia sempre pequenas coisas que desaprovavam, especialmente o pai. Uma calça jeans apertada se transformava em uma conversa; chegar depois do toque de recolher quando tinha se esquecido de arranjar uma desculpa para passar a noite na casa de Rusty era um problema, para não falar da reação do pai toda vez que via as botas de couro vermelhas.

Aquela noite havia sido a pior coisa que ele já a tinha pego fazendo, mas estava longe de ser a pior coisa que ela já tinha feito. Mesmo assim, não seria punida por aquilo. Não formalmente. O reverendo Shaw Moore nunca a mandava para o quarto ou cortava seus privilégios. Ele simplesmente a julgava. Com os olhos. Com as palavras. Com a forma como reprimia cada expressão visível do amor em relação à filha.

Capítulo 11

Era a primeira vez que Ren entrava em um tribunal, mas nem de longe era sua primeira experiência com um procedimento legal. Tinha preenchido muitos formulários, desde documentos de seguro até registros de veículos e o que quer que a mãe precisasse que ele preenchesse para ela nos dias ruins. Aquilo incluía cuidar dos papeis do divórcio quando o pai finalmente apareceu para assiná-los anos depois de eles terem sido enviados.

Ren chegou até a preencher a papelada da emancipação que teria permitido que ele vivesse sozinho legalmente, mas a mãe o convenceu a não seguir adiante com o processo. Tinha sido ela quem insistira para que ele fosse para Bomont, para que ele vivesse com o tio.

Sim. Aquilo funcionou muito bem. No primeiro dia recebera uma notificação de trânsito. Por outro lado, aquele tribunal era de longe a situação legal mais leve em que ele já tinha se envolvido.

O juiz estava tendo dificuldade em se concentrar no trabalho à sua frente, como se não pudesse esperar para tirar a toga preta e partir para a pescaria ou algo assim. Não fez muita diferença, no entanto; o policial Herb mais do que compensou o aparente desinteresse do juiz.

A notícia da festa no drive-in tinha corrido a cidade. O boato era de que o policial Herb tinha ouvido um bocado do conselho durante o fim de semana, porque havia acabado de sair do local antes de a dança selvagem e impura começar. O drive-in não tinha sido multado, pois nenhum oficial da lei testemunhara as festividades. Mesmo o reverendo Shaw só tinha visto dois dançarinos. Aquela parte ficou clara quando Ren recebeu um olhar do reverendo durante a missa de domingo. Tio Wes não se preocupou em parar na saída da igreja para conversar com o reverendo e a esposa.

Ariel tinha ido à igreja também, mas não falou nada com Ren. A congregação inteira sabia que ela havia dançado com ele, mas o pai deve ter deixado aquela parte de fora quando contou ao resto do conselho sobre a festa. Aquele era o segredo mais mal guardado da cidade, mas todo mundo concordava silenciosamente em deixar o reverendo lidar com a situação por conta própria.

Ren tentou tirar tudo da mente e se concentrar no juiz, no pequeno tribunal do distrito de Bomont. Tinha acabado de fazer o pedido formal para adiar ou evitar por completo a punição; só precisava agora da decisão do juiz.

— E por que você acha que não cumpriria a punição na escola aos sábados, sr. McCormack? — perguntou o juiz.

Ren estava preparado para a petulância. Era tudo o que costumava receber naquela cidade. Responder à altura a um juiz só lhe causaria mais problemas.

— Não acho que estou acima de nada...

Wes se colocou entre eles para falar com o juiz diretamente:

— Ei, Joey, ele tem um emprego no moinho de algodão do Andy.

O juiz Joey inclinou o corpo para a frente e sussurrou:

— Wes, me chame de juiz, certo? — Ele apontou para o boné de beisebol que Wes estava usando. — E...?

Wes tirou o boné. Tinha dito a Ren mais cedo que conhecia o juiz, mas Ren não sabia muito bem o que aquilo significava na cidadezinha. O tio também conhecia o vereador/diretor da escola, mas aquilo não impedia o sujeito de pegar no seu pé por causa de uma placa de neon que ainda não tinha tirado.

— Certo, juiz Joey — disse Wes, segurando o boné na mão. — O senhor poderia mostrar um pouco de piedade aqui? Ele estava escutando a música muito alto. No mesmo volume que o senhor costumava escutar Grand Funk naquele velho Impala em que nós costumávamos rodar por aí. O senhor se lembra disso, juiz?

O juiz fez uma pausa para considerar aquilo.

— Você pode pedir a Andy para comprovar o emprego?

O policial Herb tentou se intrometer para protestar, mas Wes o interrompeu.

— Sim, juiz, farei isso. Posso voltar à concessionária agora?

O juiz Joey bateu o martelo para terminar o procedimento.

— Sentença suspensa.

Ren quis perguntar se aquilo era o fim do caso. Parecia ser. Considerando como a cidade era louca, ele nunca esperou se safar tão facilmente, mas sabia quando manter a boca fechada.

— Vai ser na sua casa este sábado? — perguntou Joey.

O lado "juiz" desapareceu no momento em que bateu o martelo sobre a mesa.

— O aquecimento começa às 14 horas — disse Wes. — Vamos, Dawgs!

— Acabem com eles! — gritou o juiz Joey enquanto iam embora.

O policial Herb estava irritado. Aquilo provavelmente tinha mais a ver com a aporrinhação que estava sofrendo por causa da festa no drive-in. Talvez tivesse ouvido falar que era Ren quem estava dançando quando o reverendo chegou. O garoto estava na cidade há apenas um mês e já desprezava as leis de novo. Ren teria de tomar cuidado com Herb. Sabia que o policial ficaria de olho nele.

Ren ainda estava se deleitando com a vitória enquanto eles saíam do tribunal.

— Obrigado por aquilo, tio Wes — disse Ren. — Achei que acabaria fazendo algum tipo de serviço comunitário, ou algo assim.

— Você tem sorte. Nem todo mundo tem esta cidade na palma da mão como eu.

Wes praticamente brilhava de orgulho. Ren realmente estava grato pela ajuda, mas ainda não se sentia endividado com o tio, mesmo com tudo que Wes tinha feito por ele no último mês. Aquilo não compensava pelos anos anteriores.

— Como você e o juiz são tão camaradas, talvez você pudesse pedir para ele me explicar toda essa coisa de proibição de dança — disse Ren, enquanto esperavam o sinal ficar vermelho para poderem atravessar até a caminhonete de Wes. — Quero dizer, e aquela história de separação entre Igreja e Estado?

— O que a Igreja tem a ver com isso?

— Parece ter tudo a ver com todas as coisas por aqui. — O sinal mudou e eles começaram a atravessar a rua. — Deixe-me lhe fazer uma pergunta: se tem um jogo de futebol americano no domingo e você quer comprar cerveja, você pode?

— Não se pode comprar cerveja aos domingos — disse Wes, como se a simples ideia fosse ridícula.

— Por que não?

— Por causa da Igreja.

— Você pode comprar lá em Boston — apontou Ren enquanto eles entravam na caminhonete. — Por que não em Bomont?

Wes fez uma pausa antes de ligar a caminhonete.

— É simples: domingo é o dia de Deus. Se você quiser beber cerveja no dia de Deus, deve comprar no dia da cerveja. E esse dia é sábado. Está bem lá na Bíblia, se você não acredita em mim. A separação entre Deus e cerveja. — Wes sorriu na tentativa de mostrar a Ren que ele também achava que as regras eram bobas, mas que não havia nada que pudessem fazer a respeito. — E se Deus disse isso, eu acredito. Isso encerra a questão.

Wes deu a partida no carro, encerrando a conversa. Tio Wes não falou de nada importante enquanto percorriam o curto trajeto de volta à concessionária. O Fusca de Ren o esperava lá. Ele precisava ir ao moinho de algodão, pois não queria se atrasar ainda mais para o emprego.

Ele tinha avisado a Andy que talvez ele se atrasasse um pouco depois da aula por causa da audiência no tribunal.

Andy havia sido bastante compreensivo com aquilo; ele também achava que a lei era uma palhaçada. Ren sabia que tinha uma boa relação com o patrão e não queria estragar aquilo, embora pudesse ter parado para fazer um lanche antes de seguir para o trabalho.

O Fusca fez a longa viagem até o moinho em um bom tempo. Depois de mudar de roupa rapidamente, Ren começou a trabalhar movendo algumas sacas pesadas de esterco e as colocando sobre uma empilhadeira para serem estocadas. Andy tinha resolvido que Ren deveria começar com o trabalho menos mecânico antes de treiná-lo para que usasse as máquinas. Ren já tinha ouvido muitas histórias de terror sobre dedos perdidos e várias outras coisas, então não estava com muita pressa para aprender os meandros do funcionamento do maquinário pesado.

Ele estava suado e cheirando a esterco quando teve a surpresa de sua vida: Ariel estava parada na entrada do galpão. Ela não parecia nem um pouco coberta de sujeira. E não parecia ter sofrido muito no que dizia respeito a punições, levando em consideração que não estava trancada no quarto naquele exato momento. Ren meio que desejou que os pais tivessem sido mais severos com ela, mesmo que fosse apenas para evitar o constrangimento de deixá-la vê-lo daquela forma.

Ela estava toda séria, parada no portal sem nenhum sorriso no rosto.

— Chuck Cranston quer vê-lo no autódromo do pai amanhã às 14 horas.

Ren tinha cerca de uma dúzia de respostas para aquilo, mas usou a mais direta.

— É mesmo? O que vai acontecer às 14 horas?

— Apareça e você vai descobrir.

Ele se aproximou dela, ainda mantendo um pouco de distância para evitar compartilhar o cheiro.

— Por que ele mandou você para me falar isso?

Então ela abriu um sorriso.

— Eu me ofereci.

Ela se virou e foi embora antes que Ren pudesse falar qualquer outra coisa. Ele não sabia muito bem o que teria dito ao vê-la ir embora. Era óbvio que Ariel estava mexendo com ele, mas o que queria dizer com aquilo? Ela havia se oferecido porque queria vê-lo, ou porque queria deixar Chuck com ciúmes? Era provavelmente uma combinação das duas coisas.

Ren não se importava com aquilo.

Capítulo 12

Ren só estava em Bomont havia um mês e já tinha um séquito. Bem, "escolta" talvez fosse uma palavra mais adequada. Foi bom ter Willard, Woody, Etta e Rusty por perto quando seguiu até o centro da pista de terra do Autódromo Cranston. Entrar num lugar daqueles sozinho era simplesmente pedir para arranjar confusão.

Ele ficou surpreso quando Rusty se juntou a eles em vez de ir com Ariel. Era como se ela fosse parte daquele grupo apesar de a melhor amiga estar no outro time.

A forma como Rusty e Willard estavam se aproximando era difícil de não ser notada por todos, menos eles. Willard se fazia de desentendido toda vez que Ren mencionava o nome dela, agindo como se não tivesse a menor ideia do que Ren estava falando. Mas o sorriso tímido que se estampava toda vez no rosto de Willard sempre o entregava. Enquanto eles atravessavam a pista, Ren percebeu que Willard se mantinha sempre na frente dela, como se Chuck e os comparsas estivessem prontos para surgir do nada e atacá-los, ou algo assim.

— Se aquele porco tentar alguma coisa, vou acabar com a raça dele — disse Willard a Ren, entre os dentes cerrados.

— Willard, nada de brigar — advertiu Rusty.

— Não posso prometer — respondeu Willard.

Sorrir naquele momento arruinaria o clima tenso, mas Ren achou que era bonitinha a forma como Willard e Rusty já agiam como um velho casal.

Chuck estava recostado sobre um velho trator no meio da pista, fumando algo que não era legal em Bomont nem em Boston. Seus três seguidores da escola estavam ao pé do trator, ao lado de Ariel. Por que Chuck, que obviamente tinha se formado há alguns anos, andava com garotos do ensino médio não fazia muito sentido para Ren. Provavelmente ninguém da mesma idade de Chuck conseguia suportá-lo.

Aquilo não era totalmente verdade. Uma mulher que parecia alguns anos mais velha que Chuck também estava com eles. Não dava para saber qual era a história dela.

— A excursão do colégio chegou — disse a mulher.

Como se ela tivesse algum direito de julgar Ren e os amigos, levando em consideração que estava ao lado de pessoas que cursavam no mesmo ano que eles no colégio.

Chuck pulou para o banco do trator e deu a partida na máquina.

— Ei, rato da cidade! Dance com isso!

A escolta se espalhou enquanto Chuck avançava com o trator bem na direção deles. Todos fugiram, menos Ren. Ele não ia deixar algum idiota assustá-lo logo ao chegar ao local. O sujeito poderia ser um babaca, mas não mataria ninguém. Não intencionalmente, pelo menos. Mas sempre existia a possibilidade de ele perder o controle do trator e atropelar Ren. Chuck parecia ser o tipo de pessoa que mataria alguém acidentalmente.

Ren imaginou que aquilo poderia acontecer daquela vez, enquanto o trator se aproximava cada vez mais. Ele começou a rever sua posição.

No último segundo, Chuck desviou para a direita. Ren sentiu o vento do trator ao virar bruscamente e derrubar um balde de terra na frente de quatro ônibus escolares caindo aos pedaços.

Pessoas com muito tempo livre nas mãos os tinham pintado com pichações malucas. Três dos ônibus eram escuros e ameaçadores, com chamas, caveiras e todo o tipo de coisas que se usava para intimidar. O quarto ônibus era laranja e amarelo, com fileiras de bichos de pelúcia presos às laterais e à frente, como se tivesse sido preparado para alguma festa de criança. Não havia muitas dúvidas sobre para quem aquele ônibus estava reservado. Chuck desligou o trator e desceu dele, mas não perdeu tempo com amenidades.

— Vamos correr com esses ônibus em oito. Assim. — Ele desenhou um número oito no chão com a ponta do sapato, como se Ren precisasse ver para entender. — Em oito.

Nenhum dos velhos ônibus parecia estar em boas condições para uma corrida, especialmente em uma pista acidentada. Se é que dava para chamar aquilo de pista; com todos os trailers no centro, aquilo não era muito mais do que uma trilha de terra.

— Duas coisas com que você deve se preocupar — advertiu Chuck. — Suas curvas e suas interseções.

Ele apontou para Rich, que estava parado bem no meio da trilha de terra onde o número oito se juntava. Rich acenou de volta, como se não pudessem vê-lo perfeitamente por conta própria.

Não era a primeira vez que Ren se perguntava por que estava perdendo tempo com Chuck e os palhaços. Um olhar para Ariel respondeu a pergunta. Ela ainda o ignorava como de costume, mas daquela vez as espiadelas que lançava eram na sua direção, não na de Chuck. Podia até haver certa preocupação naqueles olhos, mas Ren não tinha certeza se não seria apenas esperança da parte dele. De qualquer forma, aquilo não era algo em que ele precisava se concentrar naquele momento.

— Se você ficar para trás, o líder vai bater em você — disse Chuck. — Se abrir muita vantagem, pode ser atingido pelo sujeito que está em último lugar. Boa sorte. Vamos nos assegurar de que você tenha um enterro digno.

Aquilo deveria soar ameaçador, mas era muito mais convencimento do que qualquer outra coisa. Ren não se lembrava de realmente concordar em correr, mas ele não podia dar para trás. Se fizesse isso, nunca deixaria de ser importunado por aqueles caras. E a parte mais importante é que nunca teria uma chance de dançar com Ariel novamente.

A escolta de Ren se juntou a ele novamente depois que Chuck se afastou.

— Vi uma corrida em Camden em que um dos ônibus pegou fogo — disse Willard. — Fez churrasquinho do piloto, como um porco em um espeto.

— Certo. — Ren balançou a cabeça.

Como se ele precisasse saber daquilo. Era loucura. Eles não podiam simplesmente brigar, como pessoas normais? É claro que Chuck parecia saber se virar em uma sala de musculação, mas os treinos de ginástica olímpica de Ren o mantiveram em boas condições. Alguns caras em Boston tinham cometido o erro de achar que, só porque sabia se equilibrar sobre um cavalo com alças, ele não seria capaz de dar uns bons socos.

Corrida de ônibus escolar? Como alguém chega a essa ideia? Ele olhou para os quatro ônibus novamente. Independentemente da quantidade de tinta que tinham jogado sobre eles, aquilo não escondia o fato de que cada um estava mais destruído que o outro. Ren sabia uma coisa ou outra sobre carros, mas aquelas feras enormes estavam muito longe da sua zona de conforto.

Ele nem se preocupou em tentar entrar no ônibus da caveira flamejante. Andar diretamente na direção do ônibus dos animais peludos dizia mais sobre ele que qualquer tentativa de confrontação. Não importava como o ônibus era por fora naquela corrida, o mais importante era o motorista atrás do volante. E esse motorista não fazia ideia de em que estava se metendo.

Não foi um bom começo quando a porta se recusou a abrir para ele. Em vez de colocar o rabo entre as pernas e pedir ajuda, Ren jogou o peso do corpo sobre ela e forçou a porta a se abrir. Um pequeno sucesso. Ele esperava que não fosse o último da tarde. Willard e Woody subiram no ônibus atrás dele enquanto Ren se acostumava ao banco do motorista. Ele nunca tinha visto um ônibus daquela perspectiva. O banco estava muito mais alto em relação ao chão do que estava acostumado. Mas aquela não era a unica diferença.

O painel era quase inexistente. A maioria dos circuitos era alguma forma de gambiarra, com fios se embolando à sua frente. Alguns inclusive ficavam soltos, presos a nada mais do que o ar. Woody explicou a Ren as noções básicas de pilotar um ônibus, como se ele já tivesse passado por aquele tipo de coisa antes. Era tudo que Ren podia fazer para se manter no páreo. Assim que achou que tinha entendido, Woody passou para as regras mais importantes.

— Certo — disse Woody —, se o ônibus tombar, apenas saia se arrastando pela janela lateral.

— Lembre-se de colocar o cinto de segurança. — Willard puxou o cinto parcialmente rasgado. Aquilo não ia impedir nada. — Mas se o ônibus pegar fogo, não pare de se arrastar.

Woody continuou enquanto os dois lutavam para fazer as palavras saírem:

— Quando você conseguir que o ônibus ganhe velocidade...

— Pise fundo. Não dê bobeira.

— Você vai querer frear nas curvas. Pise no freio com vontade.

— Pise realmente com vontade — enfatizou Willard, com um tom ameaçador.

— Isso tudo parece muito perigoso — disse Ren, tentando não mostrar medo na voz. — Quero dizer, nós podemos morrer, não é mesmo?

Woody colocou a mão no ombro de Ren.

— O que você quer dizer com "nós", cara pálida?

Com desejos de boa sorte, Woody e Willard desceram apressados do ônibus, deixando Ren para trás. Ele tinha cuidado de si mesmo muitas vezes na vida. Mas nunca tinha se sentido tão solitário antes, apesar de poder escutar Rusty e Etta o incentivando da arquibancada antes mesmo de a corrida começar.

As vozes delas não eram as únicas que ele podia escutar: a voz convencida de Chuck passava pela janela quebrada ao lado da cabeça de Ren, junto do que tinha sobrado da fumaça de cheiro doce do baseado.

— Certo, vamos começar logo esta parada! — gritou Chuck para Ren. — Caroline, você vai ficar por dentro ou por fora?

— Vou ficar por fora. Colada no seu cano de descarga. — respondeu a mulher que eles nem tinham se dado o trabalho de apresentar.

Ren observou enquanto a mulher oferecia uma garrafa de bolso a Ariel.

— Precisa de um trago, Cachinhos Dourados? — Ariel sacudiu a cabeça. — Não? Ah, está certo, menininha. Você é menor de idade.

Caroline caiu na gargalhada, como se tivesse acabado de fazer a piada mais engraçada de todos os tempos. *Ótimo.* Exatamente o que Ren precisava. Como se a corrida já não fosse uma ideia estúpida o suficiente, dois dos corredores estavam bêbados ou chapados.

Eu deveria desistir, pensou ele.

Ren checou para ver se o cinto de segurança estava bem firme, no entanto.

Chuck deu uma risadinha enquanto subia com dificuldade os degraus para entrar no ônibus.

— Alto lá, gato — disse Ariel. — Você tem certeza de que vai fazer isso? Você fumou muito.

Ele a dispensou.

— Não venha me dizer que eu já fumei o suficiente.

— Não falei isso. Falei que você fumou *muito*.

— Se quiser pegar no pé de alguém, vá dizer ao menininho para ligar o motor.

Ren nunca quis tanto bater em alguém quanto quis dar um soco na cara de Chuck naquele momento. A corrida era toda por causa de Ariel e o sujeito a tratava como lixo. Ela estava apenas cuidando dele, sendo a solitária voz da razão quando nem mesmo Ren conseguia dar um fim àquilo. Por que ela não conseguia ver que podia conseguir algo muito melhor?

Ele fez o motor girar para deixar claro que tinha entendido a mensagem, enquanto Chuck fechava a porta na cara de Ariel. Ela ficou parada, enfurecida por um momento, antes de subir na caçamba da caminhonete de Chuck e se segurar firme enquanto Travis saía de entre os ônibus.

— Tem uma volta de aquecimento antes de dar a largada — gritou Ariel enquanto eles passavam por Ren. — Entendeu isso?

Ren levantou o polegar, mas ela já tinha passado.

A voz do lacaio de Chuck, Rich, surgiu com força no sistema de som.

— Cavalheiros — disse ele —, você também, Caroline. Liguem seus motores!

Todos os quatro ônibus seguiram Travis, que usava a caminhonete como um *safety car*. Russel estava à esquerda de Ren, Chuck, à direita e Caroline, mais afastada. Ariel, parada na frente de todos na caçamba da caminhonete, segurava a bandeira amarela de atenção.

— Ei, onde está a bandeira verde? — gritou ela para Travis.

— Improvise! — gritou ele de volta.

Ela olhou para a camiseta regata que estava usando. Era verde o bastante. Com um sorriso, ela a retirou, revelando o sutiã cor-de-rosa que usava por baixo. Chuck e os amigos gritaram e acenaram para ela, assobiando. Ren apenas sacudiu a cabeça. Ele não tirou os olhos dela, mas também não ia agir como aqueles babacas. Ariel balançou a camiseta sobre a cabeça e soltou um grito animado antes de abaixar o braço para começar a corrida.

— Pise fundo, Ren! — gritou Rusty mais alto que o ronco dos motores.

Ren pisou no acelerador e partiu, lado a lado com Chuck. O ônibus tremia debaixo dele enquanto o motorista brigava com o volante para mantê-lo em linha reta. Nada respondia da forma que ele esperava. Até mesmo os freios pareciam fracos conforme Ren se dirigia à curva.

— Pise no freio! Pise no freio! — berrou Woody.

Ren pisou com toda a força no pedal de freio, mas o ônibus continuou indo na entrada da curva. Ele saiu de banda na lateral da pista. Aquilo diminuiu sua velocidade o suficiente para poder controlar o mamute novamente, mas Chuck, Russel e Caroline ganharam vantagem.

Ele botou o ônibus para correr novamente e começou a se aproximar de Caroline para tentar sair da quarta colocação. Ela bateu com o ônibus em Ren para que ele soubesse que não estava gostando daquilo. Metal contra metal, sacudindo-o até a alma. *Ninguém falou nada sobre carrinhos de bate-bate.*

Caroline continuou encostada nele, sem se afastar enquanto seguiam para a interseção do oito, com Russel vindo direto na direção deles.

Isso vai ser feio, pensou Ren. Se ao menos conseguisse se livrar dela, talvez fosse capaz de evitar a batida que se anunciava. Ele tentou acenar para Caroline se afastar, mas ela estava tão concentrada nele que não viu mais nada. Os três ônibus estavam se dirigindo a uma grande batida.

Preciso fazer algo, pensou Ren. *Mas o quê?*

O freio ainda estava funcionando precariamente, mas Ren não via outra opção. Ele pisou com os dois pés no pedal, empurrando-o até o chão. Nuvens de poeira subiram atrás dele quando o freio finalmente funcionou e Caroline se afastou. Ela não viu Russel se aproximando.

BUM! A colisão ecoou na pista. O ônibus de Russel acertou o de Caroline em cheio na lateral. Ela tombou de lado, derrapando até parar enquanto Russel continuava como se ela nunca nem tivesse estado ali.

Quando passou por ela, Ren viu Caroline saindo pela janela, xingando Russel. Ren achou que ela parecia estar bem. Ele continuou correndo enquanto dois dos amigos sem nome de Chuck empurravam o ônibus de Caroline para fora da pista com dois tratores.

O ônibus ficava mais fácil de controlar à medida que Ren o pilotava, mas o freio ainda era uma incógnita. Aquilo era perigoso demais. Era muita burrice. Ele não ia morrer simplesmente para fazer uma declaração ou impressionar uma garota.

Ren estava prestes a abandonar a prova quando Russel bateu em sua traseira com violência. Ren praguejou quando o freio falhou. Seu pé empurrou o pedal com toda a força contra o chão, mas aquilo era inútil. Ele não sentia nenhuma pressão; o freio tinha morrido de vez. Não seria capaz de parar o ônibus agora, mesmo que quisesse.

Mas aquela não era a pior parte. Ele viu faíscas subindo da traseira do ônibus pelo espelho retrovisor. Escutou metal se arrastando em metal. Algo devia ter se quebrado no chassi.

As faíscas alcançaram um dos bichos de pelúcia e rapidamente se transformaram em chamas. Seus amigos gritavam em uma mistura de incentivo e medo que vinha da arquibancada.

O dele não era o único ônibus avariado. Russel causara mais estrago ao próprio veículo com a batida e perdeu o controle do ônibus, que rodou e parou bruscamente. Restavam apenas Ren e Chuck agora.

Ren usou toda a força no volante enquanto chegava à curva, sem freio. Era quase como se as rodas estivessem saindo do chão. Woody estava na beira da pista segurando um extintor de incêndio enquanto as chamas cresciam. Elas estavam do lado de dentro do ônibus agora.

— Estou sem freio — gritou Ren.

Ele mal ouviu o “oh, oh” de Woody enquanto passava.

O fogo se alastrou para os assentos no fundo do ônibus. O calor das chamas se aproximava, transformando o ônibus de metal em uma panela de pressão. Ren pisava com força no pedal sem parar em uma tentativa inútil de fazer funcionar o freio que estava morto.

Rich levantou uma placa que dizia ÚLTIMA VOLTA enquanto o ônibus em chamas passava.

— Prepare a bandeira quadriculada, Ariel — gritou ele. — Chuck vai vencer esta corrida.

Como se Ren ainda se importasse minimamente com a corrida. Ele estava mais preocupado em sair dela vivo. Àquela velocidade, e com o fogo atrás dele, mesmo se tentasse bater em algo para parar o ônibus, poderia acabar matando alguém, possivelmente ele mesmo.

A interseção estava chegando novamente. Ren e Chuck se aproximavam dela de lados opostos da pista. Eles iam chegar lá ao mesmo tempo. Ren sabia que Chuck não pararia. A vitória estava em jogo.

Ele podia ver Chuck pelo grande vidro frontal. O sujeito estava gritando alguma coisa para ele. Provavelmente dizendo para Ren sair do caminho.

A mente de Ren estava a toda velocidade. Sem o freio ele não poderia parar. Se tentasse virar àquela velocidade, poderia capotar com o ônibus. Aquilo só lhe deixava uma opção.

— Ah, que se dane — disse Ren, se segurando ao cinto de segurança e pisando no acelerador.

Chuck nem ao menos vacilou.

O ônibus de Ren bateu no de Chuck contorcendo metal e mandando uma onda de choque que reverberava pela pista. O ônibus de Chuck tombou quando foi atingido pelo míssil acelerado que era o veículo de Ren. Ele continuou até a linha de chegada depois de mais uma curva fechada.

Ariel tremulou a bandeira quadriculada ao som dos gritos dos amigos de Ren. Estava com um olhar desapontado no rosto enquanto ele passava, mas talvez também exibisse a sombra de um sorriso furtivo para ele. Era difícil dizer enquanto o ônibus seguia pela pista, ainda na trilha de destruição.

Woody e Willard corriam ao lado do ônibus. O impacto da batida o tinha freado o suficiente para que eles pudessem entrar pela porta aberta, mas aquilo não era o suficiente.

— Ele não vai parar! — gritou Ren.

— Reduza a marcha! Reduza a marcha! — berrou Willard.

Ren *estava* reduzindo a marcha. Não adiantava nada.

Woody estava na traseira com um extintor de incêndio, lutando uma batalha perdida.

Eles estavam indo na direção do ônibus tombado de Chuck novamente. Daquela vez, Ren não achava que teriam tanta sorte.

— Certo! — gritou Willard. — Saiam do ônibus! Abandonem o ônibus!

Ren soltou o cinto de segurança e eles saltaram do ônibus enquanto Chuck saía correndo do caminho.

Ren rolou quando bateu no chão, se levantando a tempo de ver o ônibus em chamas colidir com o outro ônibus. O barulho do impacto foi ensurdecedor. Uma explosão ocorreu quando o tanque de combustível pegou fogo. Destroços se espalharam sobre a pista.

E então fez-se silêncio enquanto as chamas devoravam os veículos.

Todos congelaram, observando a devastação.

Willard foi o primeiro a recobrar os sentidos, quebrando o silêncio com uma risada.

— Bum! Bum! Bum! — gritou ele.

Mas Ren não estava concentrado nas chamas. Tudo o que via era Ariel observando-o.

E, pela primeira vez, ela não desviou o olhar.

Capítulo 13

O corpo de Ren ainda doía por causa da corrida. Dias depois, os músculos que distendeu ao lutar contra o volante e os hematomas que ganhou ao se jogar do ônibus em movimento eram lembranças não muito sutis da própria estupidez. Por um tempo, achou que tivesse quebrado alguma coisa importante, mas ele parecia estar melhorando. Wes nem perguntou de onde tinham vindo os hematomas, mas Lulu vinha preparando um café da manhã reforçado para ele, como se tentasse compensar o fato de o sobrinho estar com dificuldade para se adaptar a Bomont.

Mas Ren não estava tendo tantos problemas quanto antes. Tinha amigos agora. Vários, na verdade. A história da vitória e do salto espetacular de um ônibus explodindo se espalhou rapidamente pela escola. Até mesmo Ariel olhava para ele mais frequentemente nos corredores, e não apenas quando Rusty estava por perto, se esforçando para fazê-la notá-lo.

Ele estava sentado na biblioteca da escola fazendo uma pesquisa para um trabalho de história quando o amigo patético de Chuck, Rich, se sentou ao lado dele como se fossem amigos.

— Chuck ficou muito irritado por ter perdido aquela corrida — disse Rich, com uma voz um pouco mais alta que um sussurro. O bibliotecário, sr. Parker, levantou a cabeça para observá-los. — Você realmente tirou aquela vitória do nada, cara. Mandou bem.

Ele levantou a mão, mas Ren o ignorou. O bibliotecário apertou os olhos ao olhar para eles, mas então voltou a ler seu livro.

Rich continuou, sem se abalar.

— Sim, Bomont é um saco. Não preciso lhe dizer isso. Já fui a Chicago. St. Louis. Fui a algumas boates em Nova York. Conheço pessoas. Tenho conexões.

Ren se esforçou muito para não rir.

— Conexões, é?

Rich balançou a cabeça lentamente como se quisesse dizer algo.

— Ahã.

Ren não sabia muito bem o que aquilo significava, mas não queria tomar parte. Ele fechou o livro e se dirigiu mais para o interior da biblioteca.

Rich não entendeu a deixa. Ele o seguiu, pegando algo no bolso.

— Ei, cara. Deixa eu te perguntar uma coisa. Você curte ficar doidão?

Rich tirou um baseado do bolso e o balançou na frente do rosto de Ren.

O que aquele idiota estava fazendo com um baseado no meio do dia, na escola? Ren já tinha problemas com a lei. Ele não precisava de mais. Tentou ignorar Rich, mas o sujeito o encurralara nas estantes de livros.

— Eu fico — disse Rich. — Todo dia. Nós podíamos queimar um depois da aula. Você e eu. Você sabe, o rato da cidade e o rato do campo, ficando chapados.

Ren não achou nem por um segundo que aquele sujeito tinha algum interesse em fazer amizade. Alguma outra coisa estava acontecendo.

— O que o faz pensar que sou como você?

Rich colocou o baseado no bolso da camisa de Ren.

— Veja, aqui está um para você levar para casa. Se precisar de mais, é só gritar. Sou seu parceiro.

— Olha, não quero isso. Pegue de volta — disse Ren, tirando o baseado do bolso e empurrando-o de volta para Rich.

Rich se afastou.

— Ei, está tudo bem. Está tudo bem.

— Não. Não está nada bem. Pegue isso de volta.

— Ei! — disse o sr. Parker do final das estantes, a menos de 3 metros deles.

Aquilo não era bom. Não era bom mesmo. Ren congelou com o baseado na mão enquanto Rich ia embora, saindo por outro corredor, deixando-o com a droga.

O sr. Parker se moveu na direção de Ren.

— O que é isso?

— O que é o quê?

— Na sua mão. Deixe-me ver.

Se Ren abrisse a mão, estaria acabado. Na escola. Em Bomont.

Posse de drogas não era uma coisa para a qual o juiz Joey pudesse fazer vista grossa, independentemente de para quantos jogos de futebol tio Wes o convidasse.

Tio Wes. Ele não ia gostar nem um pouco daquilo. Nunca acreditaria em Ren agora. Ele não podia, de jeito nenhum, deixar o bibliotecário ver o baseado. Ren viu uma rota de fuga e a pegou, indo na direção do banheiro do outro lado.

O bibliotecário o seguiu.

— Eu disse pare.

Mas Ren não parou. Não até entrar em uma cabine e mandar o baseado descarga abaixo, a prova seguramente descartada. Quando o sr. Parker entrou na cabine atrás dele, a água já estava limpa.

Ren tentou passar pelo bibliotecário, mas o sr. Parker não deixou. Ele levou Ren pelo corredor até a sala do diretor. Antes que pudesse perceber, ligações foram feitas e seu grande amigo, o policial Herb, estava no caso.

— Não sei se você entende a seriedade desse crime, sr. McCormack — disse o policial Herb. — Posse de drogas no campus pode não só fazê-lo ser expulso da escola, mas também ir para a cadeia. Por um bom tempo. Você entendeu?

Ren entendia. Provavelmente melhor que os adultos naquela sala. Eles o viam como um encrenqueiro. Amando ou odiando, Bomont era o único lar que tinha naquele momento. Ren não podia se arriscar a levar o tio a outra audiência no tribunal.

— Nós não toleramos isso, Ren — disse o diretor Dunbar. — Não nesta escola. O que você tem a dizer em seu benefício?

Quando Ren viu Russel e Travis do lado de fora da janela se divertindo com a situação, seu medo se transformou em raiva. Ele usou aquela emoção para preparar uma defesa.

— Durante três anos eu competi como ginasta. Nós fazíamos testes de drogas aleatórios. Se eu fumasse maconha um dia, seria expulso da equipe.

— Eu vi o baseado na mão dele — gaguejou o sr. Parker. — Eu vi.

— Então você sabe como é um baseado, é? — retrucou Ren.

O bibliotecário ficou aturdido.

— Bem... eu...

— Você ia fumar ou ia vender? — O policial Herb continuou com o interrogatório. — Qual dos dois?

Eles nem *queriam* escutar. Ren era culpado até que se provasse inocente. E, mesmo assim, ainda ficariam no seu pé. Ren sacudiu a cabeça.

— Ai, meu Deus.

— O sr. Parker aqui disse que você estava conversando com Rich Sawyer quando isso aconteceu — disse o diretor.

— Eu mal conheço aquele babaca.

— Ei — disse o policial Herb. — Cuidado com o linguajar.

O diretor Dunbar, ou *Roger*, inclinou o corpo para a frente com preocupação em seus olhos. Era óbvio que estava fazendo o papel do policial bonzinho, pois claramente não havia um na sala.

— Ren, explique para mim. O baseado era do Rich? Você pode me contar.

Três rostos olhavam fixamente para Ren enquanto ele decidia como responder. Não estava preocupado em proteger Rich; isso nem passou pela sua cabeça. Ficar com fama de dedo-duro também não o preocupava. A maioria das pessoas que ele conhecia teria lhe dito para entregar o babaca sem pensar duas vezes. Não, aquilo tinha a ver com escolher um lado. As pessoas daquela cidade viviam com medo das leis estúpidas, da autoridade que colocava as regras acima de viver. Se ele cedesse, aquela seria a primeira de muitas derrotas por vir.

Ren olhou nos olhos de todos eles, um por um, enquanto falava calma e firmemente.

— Não uso drogas. Façam um teste se quiserem. — Ele apontou para o sr. Parker. — Mas se eu estiver limpo, vou querer que investiguem este sujeito por invadir a cabine do banheiro em que eu estava.

Parecia que uma brisa fresca tinha passado pela sala. O bibliotecário estava aterrorizado; o policial Herb, irritado. Mas o diretor absorvia tudo aquilo, engrenagens rodando na mente. Era com ele que Ren se preocupava mais. Tinha usado todas as armas de seu arsenal; se ainda assim se metesse em encrenca, não seria por não ter tentado.

— Isso deve ser uma violação em várias escalas — acrescentou ele, para deixar claro o que estava dizendo. — Vocês sabem do que estou falando?

— Muito bem, Ren — disse Roger. — Como não temos a prova, vou deixar você se livrar desta com uma advertência.

O policial Herb sacudiu a cabeça. Aquela era a segunda vez que Ren conseguia se dar bem contra ele.

— Mas você precisa entender que a vida não é uma grande festa — continuou o diretor. — Não importa o que dizem os rappers: maconha é errado. Se está atrás de viagens baratas, faça isso fora da minha escola. Faça isso fora de Bomont. Entendeu?

Ren suspirou. Mesmo se tivesse entregado Rich, ainda teriam acreditado que ele era parte do problema. Não havia como sair ganhando com aquelas pessoas.

— Você sabe — disse Roger. — Eu conheci sua mãe. Conheci Sandy. E ela também passou por um período selvagem na vida. Fugir para o norte para viver a vida louca pode ter sido divertido, mas aquilo também a levou a se meter em confusões inesperadas.

A raiva começou a ficar forte. Ren fez tudo que pôde para mantê-la sob controle. O diretor estava tentando irritá-lo. Ele não podia deixar o homem perceber que estava funcionando.

— Confusões inesperadas? Imagino que quando você fala isso esteja se referindo a mim. Certo? — Ele se segurou no braço da cadeira. Tinham formado uma opinião a respeito dele antes mesmo que chegasse à cidade. — Acredite em mim. Não acredite em mim. Me suspenda. Me coloque na prisão. Que se dane. — Ren se levantou repentinamente. O movimento foi tão rápido que a mão do policial Herb foi diretamente para a arma. — Mas me faça um favor, certo? — continuou Ren. — Mantenha o nome da minha mãe longe da sua boca.

Ele saiu da sala sem esperar ser liberado. O policial Herb o chamou, mas o diretor lhe disse para deixar Ren ir embora.

Ren *queria* ir embora. Ir embora daquela escola. Daquela cidade caipira. De tudo. Mas ele só podia fazer uma daquelas coisas, então seguiu na direção do estacionamento.

Como ousam? Como ousam? Dizer que a mãe dele viveu uma vida louca. Sim, mostraria a eles a vida louca. Nada mais louco que os remédios que ela precisava tomar para controlar a dor. Tão boa a vida que eles viveram, os dois com dois empregos para sobreviver e ele ainda conseguia ir à escola e tirar notas decentes. Foi uma época selvagem

Selvagem.

Ren estava tão furioso que pela primeira vez desde que chegara, deixou completamente de perceber Ariel no corredor vazio. Ele passou por ela correndo. Mas ela certamente o notou e correu atrás, tentando chamar a atenção *dele* pela primeira vez.

— Ei, McCormack. Por que tanta pressa?

Ren não respondeu. Estava muito irritado para falar e cansado dos joguinhos. E estava com muito medo do que diria. Vi também disse que conhecera sua mãe. O que será que ela teria contado à filha sobre Sandy? O que todo mundo daquela cidade estava dizendo sobre ela? E sobre ele?

— O que foi? — perguntou ela enquanto se aproximavam do carro dele. Seu tom era leve. Ariel não tinha ideia de como estava o humor dele. — Você está tentando me ignorar?

Ele entrou no carro e bateu a porta entre os dois.

— Estou fazendo o melhor que posso.

Ariel ficou imóvel. Não estava acostumada a receber aquele tipo de reação dos rapazes. Ren estava descontando a raiva na pessoa errada, mas ele não se importava. Se todo mundo naquela cidade parasse de pegar no seu pé, talvez todos vissem que ele não era a pessoa que achavam que ele era.

Ele deu partida no carro e ligou o som, tocando um rap muito alto, desafiando o policial Herb a sair e multá-lo novamente. Não ficou esperando isso acontecer. Ren saiu do estacionamento, deixando Ariel e toda a maldita escola para trás.

Em horas como aquela, Ren desejava que o Fusca pudesse alcançar alguma velocidade. Precisava colocar uma distância entre ele e Bomont. Mas aonde iria? Nem sabia que estrada devia pegar para ir a Atlanta. E então o que faria? Passaria a noite vagando sem rumo em volta da cidade?

Ren não precisava vagar. Ele precisava se concentrar. Trabalhar a agressividade.

Ele precisava se movimentar.

Ren fez uma curva de 90 graus à direita na junção seguinte da estrada. Ele sabia exatamente aonde deveria ir: ao antigo ferro-velho abandonado. Era afastado o suficiente da cidade para ninguém se dar o trabalho de ir lá perturbá-lo.

O iPod mudou de um rap para uma velha canção punk. Exatamente a música de que precisava para dirigir. Ele gritava com vocalista, descarregando a frustração.

O ferro-velho estava tão deserto quanto se lembrava. *Bom.* Ele não precisava ir mais devagar enquanto passava com o carro entre os montes de sucata, deixando nuvens de poeira no encalço. Ren seguiu diretamente para o galpão de carga.

Os pneus chiaram sobre o chão de concreto quando ele entrou no depósito, desviando de peças de carro enferrujadas. Finalmente parou bem no interior do prédio, onde ficou verdadeiramente sozinho.

Ren levou o iPod consigo quando saiu do carro. Por mais agitado que estivesse, teve cuidado para não cortar o fio que o mantinha conectado às caixas de som. Ele queria a música e precisava que estivesse alta.

Tinha que ser algo para ele poder se mover. Algo que combinasse com seu humor. Sacudindo o iPod, Ren mudava as músicas. Um hip-hop genérico saía das caixas de som.

— Não.

Outra sacudidela trouxe um rock. Melhor, mas não o suficiente.

— Nã-ã.

Ele sacudiu o iPod novamente. *Nada.* E de novo. *Nada.* Ele o sacudiu com tanta força que apenas apitos saíram dos alto-falantes.

— Merda!

Ren jogou o iPod contra o capô do carro. Ele finalmente parou na música perfeita. Uma mistura de rock alternativo com uma batida pesada e riffs de guitarra selvagens. Perfeito para aquele estado de espírito. Ren chutava o lixo e as peças de metal enferrujado ao redor, acompanhando a batida.

— Fala da minha mãe! — gritou ele para ninguém. — É melhor você deixar o nome dela longe da sua boca, seu grande babaca. Você não sabe! Você não sabe de nada!

A emoção tomava conta de Ren, as emoções que ele estava guardando desde o enterro, desde que chegara àquela maldita cidade. Lágrimas encheram seus olhos. Ele cobriu o rosto com os braços, tentando conter tudo aquilo. Suas mãos se fecharam enquanto a tristeza se transformava em raiva.

Um enorme tonel apareceu no caminho e Ren o derrubou, fazendo os ratos fugirem correndo de dentro.

— Saiam daqui! — gritou ele para os ratos. — Vai embora, seu rato filho da...

Ele levantou o tonel e o jogou sobre os ratos. O tonel caiu no chão com um estrondo, seguido de outro estrondo quando Ren jogou um cano de metal que atravessou uma janela de vidro. Aquela sensação era boa. E foi melhor ainda quando ele arremessou o próximo cano. E o próximo.

Sem canos para jogar, Ren fez uma pausa para recuperar o fôlego. A canção entrou em um solo de guitarra e Ren se perdeu na música. Seu corpo começou a se mover.

Impulsionado pela raiva, Ren saiu como um foguete, se movendo com a música, saltando e girando. Parte dança, parte ginástica olímpica, seus movimentos eram violentos, suados, crus.

Ele subiu nos caibros entre as vigas de metal e as correntes que se espalhavam em todas as direções. Se segurando em um cano, Ren girou em volta dele como se estivesse em uma barra fixa. Girava e girava, ferindo as mãos, até se soltar, girando no ar.

Pousou sobre um velho caixote de madeira que se despedaçou. Perdido em fúria, Ren chutou os destroços para longe.

A dança selvagem o levou a todas as partes do depósito. Cortar a mão em um pedaço de vidro não o impediu de continuar. O calor dos movimentos não o fez ir mais devagar. Ele arrancou a camisa molhada e continuou se movendo. Sangue pingava do corte na mão e suor escorria pelo corpo, ensopando a camiseta que estava por baixo.

Coberto de poeira, ele fez alguns movimentos antiquados de break, girando no chão até que a frustração deixou seu corpo e Ren desmoronou, totalmente exausto e drenado de emoções. Ele tinha dançado até acabar com a maior parte da fúria, mas seu corpo ainda estava repleto de energia. Ele tomou um susto quando Ariel saiu das sombras.

— O que você está fazendo aqui? Você me seguiu? Achei que estava sozinho.

— Não nesta cidade. Aqui você nunca está. Há olhos por todos os lados. — A voz dela ficou mais suave. — Então, o que foi tudo isso?

— Tudo o quê?

Ela imitou alguns de seus passos de dança.

— Toda esta coisa.

— Estou apenas extravasando um pouco — disse Ren. Ele se sentia nu na frente dela. Exposto. Há quanto tempo ela o estava observando? — Tenho certeza de que você também tem seus próprios comportamentos perversos.

— O que você quer dizer com isso? Acha que sou uma piranha ou algo assim?

Ren riu para quebrar a tensão. Ela estava pronta para brigar.

— Acho que você já foi beijada muitas vezes. — Ele pegou a camisa do chão sujo e a vestiu. — Onde está o troglodita?

— Você está falando de Chuck? — perguntou ela, como se não soubesse exatamente sobre quem ele estava falando. — Ele não é meu dono. Ele age como se fosse, mas não é. — Ela se aproximou mais. — Você acha que eu sou uma garota de cidadezinha, não é?

Ele se aproximou dela.

— Acho que Bomont é uma cidadezinha.

Seus corpos ficaram ali, a centímetros um do outro. Era um jogo de resistência diferente do que Ren tinha jogado com o namorado dela.

Ariel foi a primeira a piscar.

— Você quer ver uma coisa?

Sim, ele com toda certeza queria.

Capítulo 14

Ren seguiu o carro de Rusty enquanto eles saíam do ferro-velho e viravam à esquerda em uma estrada rural. Ficou imaginando como Ariel tivera tempo de pegar o carro e ainda segui-lo. Provavelmente tinha o próprio jogo de chaves. Parecia o tipo de coisa que Rusty faria pela amiga. Não era justo achar que Ariel tirava vantagem das pessoas o tempo todo. Tirar conclusões precipitadas, da mesma forma como todo mundo fazia com ele. Ren realmente não a conhecia bem, mas achava que talvez pudesse entendê-la. Ariel não era a garota durona que fingia ser. Ren podia ver a verdade nos olhos dela: o lampejo de medo quando o pai apareceu no drive-in. Os poucos olhares que Ren percebera quando ela o estava ignorando, como se não quisesse que ele falasse com ela, mas também não quisesse que ele parasse de tentar.

Ele encostou o carro atrás do dela quando Ariel parou ao lado do acostamento em uma clareira. Nada além de árvores em volta conforme o sol começava a se por no fim da tarde de outono. Por um breve momento, Ren ficou imaginando se aquilo era algum tipo de truque, se Ariel o estava levando para uma armadilha em que ele fosse ser surpreendido por Chuck e os amigos. Mas aquele era um pensamento fácil de rejeitar. Ariel não faria aquilo; agora que ela estava finalmente olhando para Ren, ele também podia ver aquilo nos olhos dela.

Mas não explicava por que ela o levara por entre as árvores até um pátio ferroviário abandonado. Todos os vagões de trem apodrecendo davam ao lugar uma sensação de que era assombrado. Pequenos pedaços de Bomont, descartados e esquecidos.

Mas Ren não estava pensando no passado quando o céu ficou profundamente roxo com o pôr do sol. Ele se concentrou em Ariel e na mão macia que ela esticou para ajudá-lo a subir em um vagão vazio. O lugar era frio e escuro. Ren estava preocupado com o que a garota tinha em mente. Não porque ele não estivesse pronto, mas porque não tinha certeza se *eles* estavam. Ren não queria só uma aventura com Ariel, usá-la e ser usado por ela. Queria conhecê-la antes. Descobrir o que a tornava tão diferente de todo mundo naquela cidade. Depois, talvez, um pouco de aventura fosse divertido. Ele era um ginasta, afinal de contas.

Um lampião estava sobre um velho carretel de cabos. Ren ficou imaginando se estavam invadindo a casa de alguém quando Ariel acendeu o lampião. Ele ficou boquiaberto quando o lampião revelou o segredo do vagão de carga: um mural com arte de grafite, letras de música, fotos antigas e poesia cobria as paredes.

As fotos mostravam pessoas diferentes em um monte de estilos de roupas diferentes, obviamente de diferentes épocas. Mensagens escritas à mão estavam por todo lado. Alguns dos grafites eram bonitos; alguns apenas nomes e símbolos rabiscados. Aquilo não era o trabalho de uma só pessoa, ou mesmo de uma dúzia.

— Todos chamam isto aqui de anuário — explicou Ariel. — Não sei quando começou. Talvez cerca de dez anos atrás.

Um trecho escrito chamou a atenção de Ren.

— O que é isso tudo?

— Algumas coisas são músicas. Letras. Citações de livros. Coisas que não deveríamos ler. — Ela apontou para outro ponto na parede. — Tem algumas canções folk e letras de blues aqui.

Juntos, leram a letra de algum tipo de grito de torcida sobre se sentir bem e vinho de cereja enquanto riam do absurdo do canto, infestado de "oh, yeahs". E repentinamente seus rostos estavam a centímetros um do outro. O perfume dela era todo o cheiro que ele conseguia sentir, seus olhos, tudo o que ele podia ver.

— Você quer me beijar? — perguntou ela.

Ren ficou calmo.

— Um dia.

Ela não gostou daquilo.

— Que merda é essa de "um dia"? Olha, não sei com que tipo de garota da cidade você teve experiências, mas quero deixar bem claro que eu dou conta.

Ele não estava disposto a entrar nos joguinhos dela.

— Sabe, você conseguiu enganar todas as pessoas desta cidade, menos eu. — A resposta a assustou. — Sim, você fica toda selvagem e faz arruaça. Frequenta a pista de terra, achando que é rebelde. Mas só está com medo. Eu percebo isso porque conheço você.

Ren tinha descoberto quem eram os cinco jovens no memorial; ele sabia que um deles era o irmão dela. Wes falara com ele sobre o assunto; aquilo explicava por que o reverendo se sentia daquela forma. Também explicava uma parte da conexão que Ren sentia com ela.

— Sei como é perder alguém que você ama. Sei como é se sentir sozinho. E puto.

A expressão de Ariel ficou mais suave. Ela estava realmente escutando o que ele dizia.

— Então, sim — continuou ele —, você e eu poderíamos nos agarrar bem aqui neste vagão. Mas aquele suor vai secar e você ainda vai se sentir como lixo. Esse é um trabalho para o Chuck. Não para mim.

Ren tocara em um ponto sensível. Aquilo ficou claro na mistura de emoções no rosto de Ariel. A máscara tinha caído, mas ela foi rápida em vesti-la novamente.

— Bem, não venha com todo esse papo pesado para cima de mim.

Ela estava na defensiva, mas Ren ainda podia sentir as emoções no interior. Ele podia vê-la de uma forma que a maioria das pessoas provavelmente não conseguia. Era maravilhoso e aterrorizante ao mesmo tempo. Um apito de trem ao longe era o único som entre eles.

Ariel quebrou o encanto.

— Ei, você ouviu isso? — Ela desceu do vagão. O barulho do trem foi ficando mais alto à medida que se aproximava. — Vamos lá! Rápido!

Ren a seguiu pelo labirinto sinuoso de vagões se perguntando qual era a razão de tanta animação. Era provavelmente o mesmo trem que cruzava Bomont algumas vezes por dia.

— Espere! Aonde você está indo?

Ele a perdeu em uma das curvas e a seguiu na direção que imaginou que teria seguido. Depois de outra curva, Ren a achou novamente, parada ao lado da linha do trem.

— Algumas vezes, depois dos jogos de futebol americano, nós vínhamos para cá — disse ela com energia renovada. — Apenas algumas pessoas. E então o trem passava e nós corríamos na direção dele como loucos. — Ela sorriu. — Mas na maior parte do tempo, nós apenas ficávamos parados aqui gritando.

Ariel foi até a linha do trem e parou entre os trilhos, diretamente no caminho do trem que estava passando.

— Ei, pare de brincadeira — disse Ren.

O trem estava se aproximando.

Ariel o ignorou, jogando a cabeça para trás e soltando um grito muito agudo. O som quase foi encoberto pelo barulho ensurdecedor da buzina do trem.

Ela não ia sair do caminho.

O trem estava chegando mais perto. E mais perto.

Ren mergulhou sobre ela, a empurrando para fora da linha do trem. Eles caíram com força sobre o cascalho do outro lado do trem momentos antes de ele passar. A buzina soltou impropérios para eles, o maquinista provavelmente vira o que quase tinha acontecido.

Ariel estava deitada com as costas no chão, rindo. Ren se levantou e esticou a mão para ela.

— Deixe eu te levar para casa.

• • • • •

Ariel entrou em silêncio na casa escura, fechando cuidadosamente a porta atrás dela. Naquele dia, quebrara por muito pouco o toque de recolher, o que não fazia havia muito tempo. Mas era também a única vez em que ela estava com medo de ser pega. Engraçado, porque não tinha realmente feito nada que a deixaria em apuros naquela noite, certamente não comparado às coisas que fizera em outras noites. Era praticamente certo que o pai estaria esperando por ela no topo da escada.

— É difícil impor um toque de recolher aos jovens da minha congregação quando não consigo que ele seja cumprido nem na minha própria casa — disse ele, olhando para a filha do alto.

Ariel não falou nada. Não havia nada que pudesse dizer que não começaria uma briga. Ela manteve a cabeça abaixada, se concentrando na escada.

— Você andou bebendo? — perguntou ele.

— Não.

— Você andou fumando alguma coisa?

Ela finalmente olhou para cima para ver a decepção familiar nos olhos dele.

— Não estava fumando, bebendo, dançando ou lendo nenhum livro que não deveria. Só cheguei tarde.

— Quem a trouxe aqui agora?

O nome de Ren saiu de sua boca antes que ela percebesse o erro. Só porque não tinha feito nada sobre o que precisasse mentir, não queria dizer que honestidade era a melhor política.

— Não quero que você o veja de novo — disse o pai.

— Por quê?

— Porque ouvi falar que ele é sinônimo de problema.

— Problema? — Ela soltou uma pequena risada. Ren era o que menos causava problemas entre os garotos com quem Ariel tinha andado. — Bem, papai, o homem, nascido da mulher, é de poucos dias e farto de inquietação. Jó 14:1. Sabe, da Bíblia?

Ariel forçou a passagem pelo pai, mas ele segurou o braço dela antes que pudesse acabar com a conversa.

— Seu comportamento ultimamente tem sido simplesmente atroz. E parece ter começado exatamente quando Ren McCormack chegou à cidade.

Ela apenas o olhou. Ele não fazia nenhuma ideia de como tinham sido os últimos anos da vida da filha.

— Ren é a menor das suas preocupações — disse ela. — Algumas vezes o problema está bem debaixo do seu nariz.

Ela se soltou e entrou no quarto, fechando a porta, deixando o pai do lado de fora. O reverendo se absteve de ir atrás dela.

Capítulo 15

— Venha aqui um segundo, Ren.

Aquilo não soava bem. A voz do tio Wes estava no modo paternal. Não era um tom que Ren tinha ouvido muito em sua vida, mas ele o conhecia bem o suficiente para saber que algo estava acontecendo. Ren achou que sabia o que era.

— Willard está esperando por mim — disse Ren, enquanto entrava na sala.

O tio Wes estava na poltrona com uma cerveja na mão. Ele acenou para que Ren se sentasse no sofá. Wes tinha voltado do trabalho cedo. Já estava lá há quase uma hora, provavelmente esperando tia Lulu e as meninas saírem para algum compromisso antes de ter aquela conversa.

Ren se sentou e se preparou para o pior.

— O reverendo Moore foi me ver na concessionária hoje.

— Foi mesmo? — perguntou Ren.

Sim. Era exatamente o que ele achava. Aquilo era ridículo. Eles tinham chegado apenas meia hora depois do toque de recolher. Aquilo não era nada. Certamente não o suficiente para ter uma conversa cara a cara sobre a situação.

— Sim — disse Wes. — Você está investindo na filha dele? Ariel?

— Investindo? — perguntou Ren.

Wes balançou a cabeça.

— Você sabe o que eu quero dizer. Você está interessado na filha do reverendo?

Depois de apenas algumas frases, Ren já odiava aquela conversa.

— E se eu estiver?

Wes recostou na poltrona.

— Se estiver, você pode estar procurando encrenca.

— Olha, Wes, não acho que...

— Não, Ren, olha *você*. Eu sei que esta mudança não tem sido fácil. Sei que sente falta da sua mãe. Sinto falta dela também. Mas as coisas são diferentes aqui.

— Sim. As pessoas não param de me dizer isso.

— Se você for atrás da filha do reverendo, vai abrir a guarda para ainda mais fofoca e olhos intrometidos. Shaw mencionou a coisa da escola sobre as drogas.

Ren estava feliz por ter contado ao tio sobre o baseado na biblioteca naquela manhã. Ele não estava disposto a repetir o erro da multa.

— Eu te contei...

— Eu o conheço melhor do que isso — disse Wes. — Olha, eu não estava presente quando precisou de mim. Entendo que não foi fácil cuidar de sua mãe, manter a casa limpa e preparar as refeições enquanto você estudava. E ainda trabalhar *e* lidar com os médicos dela. Tirar aquela carteira de motorista especial aos 13 anos para poder levar sua mãe para a hemodiálise. Você teve de amadurecer rápido porque seu pai era um canalha e seu tio estava muito longe para ajudar. Eu provavelmente ainda poderia ter feito mais do que fiz.

Aquela era a última coisa que Ren esperava.

— Tio Wes...

— Espere, deixe só eu botar isso para fora, Ren — disse ele. Havia uma lágrima no olho do tio. Aquilo deixou Ren desconfortável. — Eu deveria estar lá para você. E tenho que viver com isso. E você também. Só porque foi forçado a ser adulto em Boston não significa que as pessoas vão vê-lo da mesma forma aqui em Bomont. Elas vão apenas achar que você é grande demais para suas calças curtas. Eles já acham isso.

— Você está dizendo que eu não posso sair com a Ariel?

— Não estou dizendo nada disso — assegurou Wes. — Só quero que você seja cuidadoso. Mais cuidadoso do que tem sido. Esta cidade vai pegar muito no seu pé de qualquer forma. Você não precisa dar motivos.

Ren relaxou um pouco. Nada daquilo solucionava seus problemas, mas foi bom escutar.

— Então, o que você disse ao reverendo?

— Exatamente o que te disse — falou Wes. — Apesar de eu talvez ter acrescentado algo sobre a filha dele saber se meter em encrenca por conta própria.

Ren desejou que ele não tivesse dito aquela última parte. Aquilo não ia tornar as coisas mais fáceis para ele e Ariel. Mas, ainda assim, era bom saber que o tio o estava protegendo.

— Obrigado, Wes.

— Não precisa me agradecer — disse Wes. — Isso é o que a família faz. Agora, vá buscar seu amigo. Não é educado deixar as pessoas esperando.

Ele bebeu um gole de cerveja, pegou o controle remoto e ligou a TV na ESPN, terminando a conversa.

Ren ficou no sofá e observou o tio por um momento. Os olhos úmidos não estavam mais lá. Sua atenção estava totalmente na TV, como se a conversa deles não tivesse acontecido. Aquilo era bom para Ren. Era melhor daquele jeito. Não havia motivo para prolongar nada.

•••••

Quando Ren apareceu para buscar Willard e contou o que havia acontecido, a raiva tinha voltado. E só foi piorando até eles levarem o Fusca para o lava a jato. Ren esfregou o carro com tanta força que ficou com medo de furar o metal.

Ele jogou o pano em uma poça de água com sabão.

— Não acredito nesta cidade. Eu levei Ariel para casa depois do toque de recolher ontem à noite, e na manhã seguinte o reverendo Moore estava perturbando meu tio. Fazendo ameaças.

— Ele fez ameaças? — perguntou Willard.

— Ele deixou a intenção clara — disse Ren.

— Você sabe qual é o problema? — falou Willard. — Você tem um problema de atitude.

— *Eu* tenho um problema de atitude?

Ren estava embasbacado. Willard balançou a cabeça.

— Você não perde uma chance de falar mal desta cidade. Sei que é uma cidade pequena, mas temos antenas e telefones celulares como todo mundo. Fizemos algum progresso.

Ren não estava caindo naquela conversa, mas decidiu deixar passar. Ele não podia culpar Willard pelos seus problemas.

— Não me fale de progresso — disse Ren. — Estou aqui há dois meses e não vi nenhuma competição de camisetas molhadas.

— Eu sei — disse Willard, entrando na brincadeira. — Qual será o problema?

— Tenho certeza de que há uma lei contra isso. Talvez a gente pudesse achar uma brecha.

Sim, o reverendo Moore adoraria aquilo.

— Se você fizer um abaixo-assinado, tem minha assinatura — disse Willard, rindo.

Mas Ren repentinamente teve uma ideia.

— Sabe, esta não é uma má ideia. Podemos desafiar a lei.

— Hein?

Willard soltou a esponja. Sua mente estava provavelmente repleta de mulheres de camisetas molhadas. Mas não era daquilo que Ren estava falando.

— Um *baile* — disse ele. — Organizar nosso próprio baile. Não estou falando de uma chopada cheia de bêbados ou uma orgia para todo mundo...

— Por que não? — perguntou Willard.

Ele realmente não estava levando aquilo a sério. Mas Ren, sim. Ele estava levando aquilo muito a sério.

— Não — disse ele —, estou falando de um baile formal e respeitoso. Um que não aconteça em uma igreja.

— Você podia sediar o evento na cadeia de Bomont — disse Willard. — Porque sei que se lembra de que o que está propondo é contra a lei.

A mente de Ren já havia passado daquele problema. O juiz Joey e o policial Herb já tinham provado que a lei naquela cidade podia ser rígida, mas não era final.

— Deixe-me lhe dizer algo sobre leis. Elas existem para serem desafiadas. Nada é escrito em pedra.

— Os Dez Mandamentos são — ressaltou Willard. — Qual é a sua resposta de sabichão?

Ele estava rindo, orgulhoso de si mesmo por ter feito aquela piada. Quase implorando para que Ren o colocasse em seu lugar.

— Deixe o meu povo ir! — gritou Ren, virando a mangueira para Willard e molhando-o com água gelada.

Willard levantou a mão para bloquear a água.

— Para com isso! Para com isso! Para! — Mas Ren não parou, então Willard simplesmente desistiu e deixou a água escorrer pelo corpo. — Muito bem, você queria uma competição de camiseta molhada? Aproveite!

Willard fez uma dancinha enquanto Ren o molhava com a mangueira.

Eles terminaram de lavar o carro, então deram uma volta na cidade para secá-lo, conversando sobre o plano de Ren a respeito do baile. Ele não fazia a menor ideia de como proceder para fazer uma lei ser revogada.

Quando chegou em casa mais tarde, pensou em perguntar a Wes e Lulu, mas era muito cedo para arrastá-los para algo assim. Queria tudo muito bem organizado antes de criar problemas para Wes logo depois do incidente com o reverendo. Aquilo era algo que Ren tinha que fazer sozinho por enquanto.

Ele começou no dia seguinte, no tempo livre, indo até a biblioteca. Foi até a mesa do bibliotecário com a confiança de um homem com uma missão. Tudo era uma questão de fazer as perguntas corretas.

— Posso ajudá-lo com alguma coisa? — perguntou o sr. Parker, que já estava com a guarda levantada.

Os olhos de Ren vasculharam as estantes da biblioteca, como se estivesse tentando descobrir alguma coisa.

— Não sei se seria em autoajuda ou na seção de como fazer, mas estou procurando livros que possam me ajudar a construir o próprio laboratório de metanfetamina.

Ren exibiu um sorriso quando os olhos do sr. Parker se esbugalharam.

— Estou apenas mexendo com você. — Ren sorriu para ele. — Você não teria por acaso os registros da cidade aqui... como as leis municipais?

Os olhos do bibliotecário se apertaram com desconfiança.

— O que você quer com isso?

Uma resposta direta era a última coisa que Ren esperava, então aquilo não foi nenhuma surpresa.

— Quero ler. Não é isso que as pessoas fazem em bibliotecas, além de ficarem chapadas?

Ren sabia que estava exagerando, mas queria manter o bibliotecário desequilibrado. Não precisava dele fazendo muitas perguntas. O plano deve ter funcionado, porque o sr. Parker lhe indicou os livros certos e o deixou em paz para fazer a pesquisa, apesar de ficar de olho nele. Ren começou com os livros das leis municipais no topo da pilha. Ele não tinha certeza do que estava procurando, mas começou com o que sabia. O acidente que matou o irmão de Ariel e os outros jovens acontecera três anos antes. Todas as leis entraram em vigor depois daquilo. Era melhor começar com o texto das leis e depois voltar e ver como as outras foram mudadas.

Os jargões jurídicos do livro não eram tão ruins quanto algumas das coisas que Ren tivera de ler pela mãe quando ela estava no auge da doença. A linguagem jurídica era bem clara e direta. Havia várias rotas que Ren já achava que poderia seguir.

Assim que examinou a lei cuidadosamente, seguiu em frente pesquisando os procedimentos para revogá-la. Aquilo também era fácil de entender, mas não respondia todas as dúvidas. Repentinamente, Ren sentiu que os olhos do bibliotecário não eram os únicos sobre ele. Havia uma presença mais próxima. Duas, na verdade.

— Veja só o pequeno rato de biblioteca — disse Rusty, levemente.

Ela e Ariel estavam paradas atrás dele. Estava tão concentrado nos livros que nem as notou. Era a primeira oportunidade que tinha de falar com Ariel desde que a deixara em casa na outra noite.

— Não o irrite — disse ela. — Ele vai começar a dançar.

Ele deixou o comentário passar.

— Você levou uma bronca?

Ariel encolheu os ombros.

— Ouvi dizer que meu pai foi à concessionária do seu tio. Sinto muito por isso.

— O que você está fazendo? — perguntou Rusty, empurrando Ren, tentando ver o que ele estava lendo.

Ele fechou o livro. Não estava pronto para deixar ninguém mais saber do plano.

— É confidencial.

— Qual é? — disse Ariel em tom brincalhão. — Você pode nos contar.

— Você achou aquele livro da National Geographic com todas as mulheres de tribos com os peitos de fora? — perguntou Rusty. — Ele rodou a escola por décadas. Meu pai é capaz de descrevê-lo com detalhes assustadores.

Ariel aproveitou para ler a lombada do livro enquanto Rusty distraía Ren.

— *Leis municipais de Bomont.*

Com a surpresa parcialmente arruinada, Ren abriu o livro. Ele não precisava contar a elas exatamente o que estava tramando, mas não faria mal saber a opinião delas a respeito de algo.

— Existe um procedimento quando você quer desafiar uma lei municipal, mas isso requer um abaixo-assinado e uma audiência pública. E apenas por uma votação. — Ele folheou o livro, procurando a informação de que precisava. — Restrições de zoneamento... direitos matrimoniais...

— Espere um segundo. — Rusty se debruçou sobre Ren. — Você está tentado revogar o banimento da dança em público?

Willard devia ter lhe dado uma pista. Era um chute muito próximo para dar sem qualquer informação.

— Não, ele não está — disse Ariel, com certeza, até que viu a expressão no rosto de Ren. — Você não está, não é mesmo?

Ele pegou um dos livros que tinha lido mais cedo.

— Eu contei pelo menos cinco leis municipais que foram revogadas nos últimos dez anos. Por que não podemos fazer o mesmo?

— Você sabe que, se desafiar a lei municipal, estará batendo de frente com meu pai — disse Ariel.

Ren não sabia dizer se ela achava que aquilo era uma coisa boa ou ruim. Talvez ela mesma não soubesse.

— Eu estaria desafiando a lei. É diferente.

Ren percebeu o olhar significativo que as duas garotas trocaram. Talvez Willard estivesse certo; as pessoas poderiam acabar achando que Ren estava contra a cidade. Ele certamente teria suas razões, mas se quisesse apoio para aquela medida, precisaria de aliados.

— Não estou apenas tentando desafiar a cidade — disse ele. — Consigo entender todas essas outras regras, até certo ponto. Mas dançar em público? Isso é saca... — Os olhos do sr. Parker estavam sobre os três. Ren abaixou a voz. — Isso é errado.

Rusty se sentou ao lado dele com uma animação renovada.

— Bem, acho que se você estiver falando sério sobre isso, tem uma coisa que precisamos fazer. E é crucial.

— O que é? — perguntou Ariel, se juntando a eles.

O sorriso de Rusty iluminou a biblioteca.

— Pesquisa.

Capítulo 16

Foi apertado colocar quatro pessoas dentro do Fusca para a longa viagem para fora da cidade. Mesmo sem o enorme chapéu de cowboy na cabeça de Willard.

Eles sobreviveram à viagem na lata de sardinhas até o destino misterioso. Tudo que Ariel e Rusty tinham dito era que eles deveriam usar sapatos para dançar. As botas de cowboy em neon sobre a entrada da boate de música country forneceram as respostas que faltavam.

Ren nunca foi fã de música country, mas apenas ver o bar cheio de pessoas batendo os pés em uma coreografia enérgica foi o suficiente para convertê-lo. Estavam a quilômetros de Bomont e a anos-luz da lei estúpida sobre dançar. Ariel e Rusty foram diretamente para a pista de dança, mas Willard ficou para trás, na beirada.

— Você não vai dançar? — perguntou Ren.

Willard fez que não com a cabeça.

— Que nada. Vou apenas ficar olhando vocês.

— Nós viemos até aqui — insistiu Rusty. — Você vai simplesmente ficar parado como um bobalhão o tempo todo?

Ele mostrou um sorriso desconfortável.

— Bem, doçura, prefiro ser um bobalhão a um bobalhão dançando.

A decepção de Rusty era óbvia enquanto Ariel a puxava para a pista de dança, mas Ren não estava disposto a deixar aquilo passar. O amigo estava perdendo uma oportunidade de ouro.

— O que você está fazendo? — perguntou Ren, assim que as garotas estavam a uma distância segura.

Willard estava envergonhado.

— Olha, eu não sei dançar. Nada. Nada *mesmo*. Não é bonito.

Ren apontou para a pista de dança.

— Mas é uma coreografia. É o sonho de um homem branco. Passos simples, cara. Simples.

Talvez houvesse uma forma de levar Willard até a pista. Ren viu uma mulher ensinando passos da coreografia para um pequeno grupo de pessoas no canto da pista de dança. Provavelmente uma instrutora que o bar tinha contratado para ajudar a trazer clientes. Era a solução perfeita.

— Certo. Venha aqui.

Ren segurou Willard e o puxou até o canto. A instrutora estava pronta para eles com um sorriso no rosto quando Ren se aproximou dela.

— Com licença, senhorita?

— Vocês precisam aprender alguns passos? — perguntou ela.

Foi então que Willard percebeu o que estava acontecendo.

— Ah, eita-porra. Você vai me deixar na creche enquanto requebra com as garotas?

Ren se manteve firme.

— Aprenda um passo ou dois e nos encontre lá. Tenho fé em você.

Ren se juntou às garotas na pista de dança. A canção podia ser nova para ele, mas a batida era universal. Ele e as meninas entraram na formação com os outros dançarinos, botas pisando forte, mãos batendo palmas. Volta e meia um grito de "irra!" surgia entre as pessoas.

Era ótimo se mover novamente. Apenas se soltar, mesmo com os passos coreografados. Ter uma linda garota de cada lado também não fazia mal. Willard não parecia estar se divertindo tanto com os iniciantes.

A música mudou novamente e a formação se quebrou, transformando aquilo em uma dança livre. O tipo de que Ren gostava. Sem estrutura. Sem regras.

Ele se aproximou perigosamente de Ariel. Apesar de dançar muito bem e de parecer selvagem, ela ficou surpreendentemente inibida quando ele se virou para ela. Ren gritou algo para encorajá-la, se movendo de forma sugestiva, atraindo-a a se juntar a ele. E ela foi. Lentamente, a princípio, mas então Ariel começou a responder a cada movimento dele, girando e rodopiando, deixando a música tomar conta dela.

Ren viu, de soslaio, Rusty deixar a pista de dança. Enquanto estavam dançando, Willard tinha desistido da aula e conseguira comprar uma cerveja.

— Vamos lá! É divertido, Willard! — gritou ela, mais alto que a música, fazendo uma segunda tentativa de convencê-lo a ir até a pista de dança.

Ele levantou a cerveja.

— Eu não bebo e danço. Vá você.

Rusty tirou o chapéu da cabeça dele. Ela o colocou e dançou de forma sedutora, tentando hipnotizá-lo para que ele a seguisse.

Willard não caiu naquele truque.

— Ei, devolva isso. Estou com o cabelo todo desarrumado, doçura. Por favor.

A preocupação dele se transformou completamente em outra coisa quando a dança de Rusty ficou mais sugestiva. Ela explorava o lado sexy, fazendo aquele chapéu ficar melhor nela do que na cabeça dele. Então, repentinamente, ela voltou ao grupo de dançarinos, deixando-o para trás.

— Ei, volte aqui! — gritou ele para ela.

Rusty estava ao lado de Ren e Ariel, mas eles mal a notaram. Estavam ocupados um com o outro. Mãos deslizavam sobre roupas enquanto eles se moviam ao som da música, criando uma conexão que não tiveram da última vez que dançaram.

Rusty também estava se empolgando, dançando com um cowboy grandalhão. Ele certamente não sabia se mover tão bem quanto ela, mas ela não parecia se importar muito. A princípio, Rusty curtiu a atenção enquanto ele passava o braço em volta dela, mas então a mão do cowboy começou a escorregar para baixo.

— Ah, de jeito nenhum! — Willard abriu caminho entre a multidão de dançarinos. — Ei, é a minha garota que você está apalpando.

— Willard, estamos apenas dançando — protestou Rusty.

Willard olhou para ela.

— E o que você está fazendo dançando com outro homem enquanto usa o meu chapéu? Isto não se faz, Rus — disse Willard. — Isto é desrespeito.

O cowboy grandalhão tomou a bolsa de Rusty e a empurrou contra a barriga de Willard.

— Aqui, parceiro. Por que você não segura a bolsa da garota e vai buscar uma cerveja para mim?

O rosto de Willard ficou vermelho.

— Tenho uma ideia melhor. Por que eu não afundo seus dentes e sorrio enquanto faço isso?

— Willard — disse Rusty. — Nada de briga. Você nem conhece esse cara.

Mas Willard não estava escutando.

— Se você sabe contar, quando eu chegar ao três você vai sair da minha frente. Um...

O cowboy acertou Willard antes mesmo que ele chegasse ao número dois.

— Willard! — gritou Rusty.

O cowboy segurou Rusty pelo braço.

— Vamos, querida. Deixe o caipira de lado e venha se divertir com um homem de verdade.

Rusty pegou uma garrafa da bandeja de uma garçonete que passava e a quebrou na cabeça do cowboy.

— Animal! — gritou ela, enquanto ele caía no chão.

Ren e Ariel se aproximaram dos amigos e perceberam que precisavam ir embora dali antes que a pequena agitação tomasse proporções de um tumulto.

— Você pega Rusty — disse Ren a Ariel. — Eu cuido do grandalhão sentimental.

Ren ajudou o amigo a se levantar sobre os pés vacilantes enquanto Ariel tirava Rusty da pista de dança. Ariel teve dificuldades em controlar a amiga. A garota estava xingando a torto e a direito o sujeito que machucara Willard. Estava começando a parecer que o flerte tímido que ela e Willard vinham cultivando tinha acabado de se transformar em um romance de verdade.

Eles fugiram para o estacionamento, prontos para sair apressados se os amigos do cowboy fossem atrás deles. Depois de pouco mais de um minuto, pareciam estar a salvo. Rindo, Rusty pegou um lenço na bolsa para estancar o sangue que corria no nariz de Willard.

— Estou orgulhosa de você, Willard. Você não brigou.

— Não tive a chance de brigar, porque você resolveu brigar por mim. — Ele afastou o lenço do seu rosto. — Eita-porra, está visível?

Ren se encolheu e as meninas soltaram gritinhos. Levou mais 5 minutos para o sangramento no nariz parar, mas àquela altura o rosto de Willard já não tinha uma aparência tão ruim quanto poderia ter.

Eles se apertaram novamente no pequeno carro e pegaram a estrada na direção de casa. No fim das contas, foi bom a noite ter terminado cedo. Ren não precisava de outro golpe contra si por levar Ariel em casa depois do toque de recolher novamente.

O caminho de volta foi cheio de conversas frívolas sobre os últimos escândalos das celebridades. Ren curtia falar apenas sobre coisas loucas, selvagens, triviais e normais. Era divertido. Mas ele percebeu uma pausa na conversa quando entraram em uma ponte não muito longe de Bomont.

— Esta ponte me dá arrepios — disse Willard, enquanto cruzavam o rio.

— Willard — disse Rusty baixinho, tentando fazê-lo se calar, o que tornou tudo mais perceptível.

— Ah — disse Willard —, desculpe.

— O quê? — perguntou Ren.

— É a ponte Crosby — disse Ariel suavemente.

Ren não conseguia fazer a conexão. Ele tinha cruzado a ponte chegando à cidade de ônibus há alguns meses e algumas vezes depois disso. Nada nela se destacava para ele.

— Depois de um jogo de estreia de temporada um grupo de jovens estava festejando. Bebendo e dançando. — Ariel falava com a voz embargada. — De alguma forma, no caminho de volta, eles perderam o controle e bateram de frente em um caminhão. Todos morreram.

Ren juntou as peças. Ele nunca se tocou de que aquele acidente tinha acontecido naquela ponte.

— Todos eram veteranos — continuou Willard por ela. — Dois deles eram da seleção do Estado. Ronnie Jamison e...

— E meu irmão, Bobby. — Ariel terminou a frase. Ela olhou para Ren. — Você teria gostado dele — continuou ela. — Eu o admirava. Ele era meu herói. Mas agora toda vez que penso nele, penso nesta ponte.

Eles continuaram o resto do caminho em silêncio.

Capítulo 17

Eles eram as pessoas mais jovens no recinto com uma diferença de pelo menos duas décadas. Ren, Woody e Willard se sentiam visivelmente deslocados sentados na última fila do conselho municipal entre as pessoas que requisitavam autorizações ou faziam petições para que buracos fossem tapados.

A maior parte da reunião se concentrou em negócios cívicos, o tipo de coisa com que Ren nunca se preocupou, mas sabia que era necessário. O diretor Dunbar estava terminando aquele assunto oficial com um decreto que dizia que o custo da licença para cachorros ia subir de 10 para 15 dólares. Era uma coisa emocionante. Ele inclusive bateu o martelo.

Woody se aproximou de Ren.

— Eles acabaram de terminar. Se você vai fazer algo, esta é a hora para agir.

O diretor Dunbar bateu o martelo novamente. Ren podia dizer que o homem gostava daquela parte do trabalho.

— É neste momento que recebemos novos assuntos ou novas preocupações. Apenas se aproximem do pódio e digam seu nome e endereço.

Woody e Willard olharam para Ren. Aquilo seria um desafio maior do que tinha imaginado. Ele não esperava que haveria plateia, que teria de ficar de pé em frente a um microfone e anunciar suas intenções. E, principalmente, não gostava da ideia de arrastar tio Wes para dentro daquilo ao dar seu endereço. Não que todas as pessoas no recinto já não soubessem quem era Ren.

— Alguém? — perguntou o diretor Dunbar. — Alguém?

Ren não sabia o que tinha passado pela sua cabeça. Uma coisa era enfrentar o conselho, mas ele também estava desafiando o pai de Ariel. Se fizesse aquilo na frente de todos, poderia arruinar o que quer que estivesse começando entre ele e a garota. Ren não sabia ao certo se valia a pena arriscar aquilo por causa de um baile.

O martelo decidiu por ele. O diretor Dunbar o bateu na mesa uma última vez e encerrou a reunião.

Apesar da apreensão, Ren sabia exatamente o que devia fazer. Deixou Willard e Woody no fundo da sala e correu para falar com os membros do conselho que estavam indo embora, parando o diretor Dunbar e o reverendo Moore enquanto eles desciam a escada.

— Reverendo Moore?

Eles se viraram para ficar de frente para ele. Não havia como voltar atrás agora.

— Ren McCormack — disse ele, se apresentando. — Sobrinho do Wesley.

O reverendo estendeu a mão por educação.

— Sim, Ren. Eu sei quem você é.

— Tenho certeza de que sabe — disse Ren enquanto apertava a mão do homem. — Wes me contou que vocês dois tiveram uma conversa.

A declaração deixou o reverendo Moore desconfortável.

— Aquela era uma conversa entre mim e ele — disse o reverendo. — Não devia chegar a seus ouvidos.

O que basicamente significava que era aceitável que os adultos falassem sobre ele pelas suas costas. *Ótimo.*

— Sim. Isso tem acontecido muito nesta cidade — disse Ren. — Como é aquele ditado? Aquele sobre crianças?

O diretor Dunbar se intrometeu.

— Que é melhor olhar para elas do que ouvi-las.

Ótima mensagem de um homem que ganhava a vida trabalhando com jovens. Ren deixou aquilo passar.

— Bem, eu só queria que vocês soubessem que estou começando um abaixo-assinado para desafiar a lei municipal que proíbe a dança em público. Eu apenas queria... — Ele queria muitas coisas, na verdade, mas nenhuma delas era adequada para mencionar naquele momento. — Eu só queria que isto ficasse claro.

Ele entregou a Roger um dos panfletos que tinha feito. Estava escrito OPONHA-SE AO BANIMENTO DA DANÇA em letras grandes que preenchiam o pedaço de papel. Ren se afastou antes que o nervosismo lhe causasse problemas. Ele ouviu o reverendo dizer a Roger que deveriam apenas ignorá-lo.

— Ele é apenas uma criança — acrescentou o reverendo Moore. — O que ele pode fazer?

Era uma boa pergunta. Ren ainda não tinha uma resposta. Não era nada além de um abaixo-assinado, mas Ren tinha começado algo que precisava levar até o fim, independentemente do que acontecesse. Não havia como voltar atrás.

— Um confronto com o pastor — disse Woody quando Ren se juntou a eles.

Willard estava bastante impressionado e demonstrou a Ren com um "Eita-porra!".

Mas Ren não se deixaria levar por aquilo.

— Escute — disse ele, apontando para Willard. — Se eu tiver de ficar de pé em frente ao conselho para expor minhas intenções, então você vai ter de aprender a dançar.

— Certo, certo — disse Willard. — Você me pegou. Vamos nos encontrar este fim de semana.

Ren o segurou pela gola da camisa.

— Nada disso. Agora.

Ele e Woody acompanharam Willard para fora do conselho municipal até o carro para levá-lo ao outro lado da cidade. Willard resmungou durante todo o caminho sobre estar sendo sequestrado. Como uma criança petulante, ele se recusou a sair do carro quando pararam na garagem de Ren, que atraiu o amigo para fora do carro balançando um sorvete de casquinha na frente dele.

Willard se plantou firmemente no canto da garagem enquanto Ren e Woody lhe ensinavam alguns passos básicos ao som do hip-hop que saía dos alto-falantes do Fusca.

Eles começaram com movimentos fáceis, nada muito elaborado, apenas lhe ensinando como bater o pé no ritmo da música. Willard balançava a cabeça fora do ritmo enquanto o sorvete pingava no chão.

— Vocês dois ficam tão bonitinhos dançando juntos — disse ele. — Mas não deveriam estar mais próximos? Tipo, se abraçando? Woody, apenas pegue a mão de Ren e guie. Seja o homem.

Ren pisou no pé dele.

— Ei. Nada de piadas. Estamos na escola agora. Estamos ensinando a você.

— Isso mesmo — concordou Woody. — Você fica fazendo piadinhas, mas é para o seu bem. Não o nosso.

Willard se levantou com o sorvete e deu uma rebolada vulgar, jogando pingos de sorvete de baunilha para todo lado.

Ren olhou para ele com uma expressão de impaciência.

— Certo. Observe meus pés e tente fazer o que eles fizerem.

A batida saía com força das caixas de som e Ren batia os pés junto com ela. Apenas um simples movimento direita-esquerda. Mas quando Willard tentou aquilo, quase derrubou uma pilha de peças de carro ao tropeçar nos próprios pés. Woody gargalhava de forma incontrolável.

— Você não está sendo muito prestativo.

Willard parecia mais aborrecido do que Ren imaginou que ele ficaria. Talvez o amigo estivesse levando aquilo mais a sério do que deixava transparecer.

— Acho que a palavra chave aqui é *irremediável* — disse Woody a Ren.

Mas ele não ia desistir.

— Se você não consegue aprender a dançar com *esta* batida, então você não consegue aprender a dançar. — Ren moveu os pés novamente, enfatizando cada palavra com a batida. — Isso é primário. É o quatro por quatro básico.

Willard jogou as mãos para o alto aceitando a derrota e saiu da garagem.

— Certo. Desisto oficialmente disso.

— Você sabe que temos coisas melhores para fazer do que lhe dar aulas de dança — gritou Ren para ele.

— Por que você está se esforçando tanto? — perguntou Woody. — Se ele não quer dançar, você não pode forçar.

— Ter medo de fazer algo e não querer fazer algo são duas coisas diferentes — disse Ren.

Ele sentiu medo de muitas coisas na vida, mas não teve muita escolha entre fazê-las ou não. Ren podia perceber que Willard queria dançar. Especialmente pela forma como ficou observando Rusty na boate naquela noite. Ele só precisava superar seus medos.

Da mesma forma que Ren ia se levantar em frente ao conselho municipal para fazer uma apresentação, algo que convenceria um monte de velhos a ver as coisas pelo ponto de vista dele. Lembrá-los de como era quando tinham a idade de Ren e queriam sair e se divertir. Se não conseguia convencer nem o amigo a aproveitar a vida, ele não tinha nenhuma chance contra o conselho.

Ren desligou o iPod, mas a música ainda enchia o ar. Uma nova versão remix da canção "Let's Hear It for the Boy" vinha do quintal, junto com as vozes desafinadas de Amy, Sarah e as amigas.

As meninas tinham montado um palco improvisado na laje de concreto onde costumava ficar o velho depósito. O karaokê cor-de-rosa estava diante da plateia de bonecas e ursos de pelúcia, pronto para um show. Woody chamou Ren na janela.

— Você precisa ver isso — disse ele.

Ren viu que as meninas não estavam sozinhas. Assistindo de longe à performance, Willard fazia uma tentativa séria de dançar junto com elas. Aquilo não era bonito, mas ele as acompanhava enquanto elas cantavam e dançavam.

— Será que o tio Wes pode ser multado por aquilo? — falou Ren.

— Acho que Willard deveria ser multado por aquilo — acrescentou Woody.

Mas Willard tinha contraído a febre da dança e Ren não estava disposto a deixá-la ir embora. Em todo momento livre que teve durante as semanas seguintes, Ren ensinou Willard a se mover. Eles começaram no moinho de algodão, com outros dançarinos principiantes cercando Willard na quadrilha mais deplorável que Ren já tinha visto.

Aquele era o segredo para fazer Willard dançar. Ele ficava envergonhado demais para se sacudir em frente a pessoas que sabiam o que estavam fazendo, como Ren e Woody. Mas se você incluísse umas meninas pequenas que só conheciam os passos básicos ou alguns trabalhadores braçais que não se importavam em passar vergonha, ele finalmente começava a aprender.

Assim que Willard ficou mais confortável, levaram o show a público. Agora que havia se passado um tempo desde o incidente no drive-in que trouxera problemas para Ren com o reverendo Moore, a música voltava com toda a força do lado de fora da lanchonete. Willard estava ficando bom em mover os pés, mas o resto do corpo era uma grande bagunça.

— Apenas quique — disse Woody, enquanto ele e alguns dos primos tentavam acrescentar pretensão aos movimentos de Willard. — *Gangstas* não dançam. Eles quicam. Dê uma de *gangsta*, Willard.

Willard foi ficando melhor a cada aula, mas seu desempenho sempre crescia com Sarah e Amy. As meninas o encorajavam, encarando seus papéis como professoras com muita seriedade, mostrando coreografias que tinham visto em vídeos na internet.

Enquanto Ren aumentava a confiança de Willard para dançar, também trabalhava em seu caso para o conselho. Ele entrou escondido na sala de xerox da escola para fazer mais panfletos para espalhar a ideia, colando-os pela escola e por toda a cidade em lugares que sabia que outros jovens frequentavam.

Algumas vezes, voltava a lugares em que tinha colado os panfletos e via que haviam sido arrancados, mas Ren não desanimava. Ele apenas colava outro panfleto, reforçando a fita adesiva. Se as pessoas iriam arrancar os panfletos, ele pelo menos faria com que tivessem mais trabalho.

Onde quer que Ren fosse, Willard estava com ele, escutando o iPod e quicando com a música. A coisa ficou tão séria que, a certa altura, Willard estava praticando passos de dança enquanto jogava na linha de defesa no treino de futebol americano. O treinador Guerntz não estava satisfeito.

— Willard, o que diabos você está fazendo? Vá correr 3 quilômetros. Ande!

• • • • •

Willard deixou escapar um último passo de dança antes de sair para a pista de atletismo para cumprir a punição. A cada movimento que Willard aprendia, Ren sentia o baile se aproximar da realidade. Mas aquilo só aconteceria se ele convencesse o conselho a ver as coisas do seu jeito; para tanto, era preciso preparar um senhor discurso.

Conseguir com que as pessoas aderissem ao abaixo-assinado era a parte fácil: quase todo mundo no último ano que tinha idade para votar entrara na fila para adicionar o nome. Alguns estavam loucos por um baile formal, enquanto outros estavam apenas cansados de todas as regras que os impediam de se divertir. Alguns alunos, como os amigos de Chuck, assinaram só de palhaçada. Mas mesmo depois de Ren apagar todas as assinaturas do "Batman" e do "Homem Aranha", ainda tinha mais nomes do que o suficiente no abaixo-assinado para desafiar a lei.

Se apenas conseguisse fazer com que algumas daquelas pessoas escrevessem o discurso por ele!

Na escola, apresentações orais nunca foram o forte de Ren. Sua mente sempre vagava, imaginando em que o professor estava pensando ou sobre o que os amigos cochichavam na frente dele, e isso era apenas para um simples relatório sobre um livro. Aquele discurso tinha de convencer o conselho, motivar os amigos e mudar as mentes de todos na cidade que fossem contra ele. Era pedir demais.

Ren arrancou a folha de cima do bloco, amassando o primeiro esboço em uma bola de papel. *Merda*. Ele a jogou na pequena lixeira no canto do quarto.

— Ei. — Tia Lulu estava parada na porta do quarto. — Foi de dois ou três pontos?

Ren se sentou na cama.

— Aquilo não fez nenhum ponto. — Ele colocou o bloco sem nada escrito ao seu lado. Aquela era uma boa hora para fazer um intervalo. — Conseguir nomes para um abaixo-assinado é uma coisa. Escrever um discurso é outra. É difícil.

Lulu se sentou ao lado do sobrinho e tirou um pedaço de papel dobrado do seu bolso. Era um dos panfletos, coberto de adesivos de unicórnios e bonecas Barbie.

— Vi que você alistou minhas filhas na campanha.

Ele pegou a folha de papel, feliz de ver que além dos adesivos, ela estava repleta de nomes.

— Sinto muito por isso.

— Não precisa se desculpar. Esta família precisa de um pouco de ativismo.

Ren não sabia se *todo mundo* na família concordaria.

— E quanto ao tio Wesley? Ele parece preocupado.

Lulu suspirou.

— Bem, ele é um vendedor de carros no meio de uma recessão. Está sempre preocupado. Ele se preocupa com a receita. Com o que os clientes podem pensar. Mas isso é o que os adultos fazem. Nós nos preocupamos. Esse não é o seu papel.

Ele precisava discordar. Aquele havia sido o principal papel de Ren durante os últimos cinco anos. Fora tudo o que podia fazer em Boston. Se preocupar com a saúde da mãe. Se preocupar com as contas a pagar. Se preocupar tinha se tornado algo natural.

— Por que esse baile é tão importante para você? — perguntou Lulu.

Aquele era o problema do discurso. Ele não conseguia descobrir uma forma de traduzir a resposta àquela pergunta em palavras.

— Funcionários da prefeitura e da escola criarem um banimento baseado em medo é uma infração no meu...

Lulu levantou a mão.

— Epa! Guarde tudo isso para o discurso. Quero saber por que isso é importante para *você*.

Ren nunca pensara naquilo daquela forma. O banimento à dança era simplesmente *errado*. Era errado para todos, não apenas para ele. Mas por que toda aquela situação o estava afligindo tanto?

Ren começou a juntar as peças de sua resposta.

— Quando meu pai foi embora... eu não fiquei muito surpreso. Mesmo quando era uma criança, nunca achei que podia depender dele. Éramos só eu e minha mãe, sabe? Ela era a pessoa forte.

Lulu balançou a cabeça. Aquele não era um grande segredo de família.

— Então, quando ela ficou doente — continuou ele —, foi minha vez de ser forte. Achei que se eu trabalhasse duro, se escutasse os médicos e fizesse tudo o que eles me diziam, talvez nós pudéssemos reverter aquilo. Talvez ela pudesse vencer as dificuldades. — Naquela época, era sempre mais fácil se enganar a ponto de achar que ele tinha controle sobre a situação. — Todo aquele esforço não serviu para nada. Não consegui mudar nada.

"Mas isso... — continuou ele, respirando fundo. — Acho que eu poderia realmente fazer algo. Eu poderia realmente fazer algo por *mim* desta vez. E talvez ter a oportunidade de causar uma mudança. Isso é tudo o que quero. Apenas uma oportunidade. Se não for assim... vou apenas desaparecer como todos os outros.

Lulu esticou a mão na direção de Ren.

— Você pode me passar aquele abaixo-assinado, por favor?

Ren sorriu e passou o panfleto decorado de volta para ela com uma caneta. Tia Lulu apoiou o papel na perna e delicadamente acrescentou o nome dela.

— Você ganhou meu voto, Ren McCormack.

Lulu devolveu o papel a Ren, deu um beijo na testa dele e o deixou sozinho para organizar os pensamentos. Não era a solução para o seu problema de criatividade para escrever, mas saber que ele tinha o apoio de pelo menos um dos membros da família significava algo para ele.

Na verdade, aquilo significava *muito*.

Capítulo 18

— Você não vai dizer nada?

Eles estavam na caçamba da caminhonete de Chuck, apenas sentados. Ariel estava com os braços em volta dos joelhos. Ela esperava que Chuck fosse gritar com ela. Lutar por ela. Que ele fizesse *alguma coisa*. Era o silêncio que a matava. Aquilo comprovava o que ela já sabia: que ele nem se importava.

— Você não está me dizendo nada que eu não saiba — disse ele. — Tenho olhos e ouvidos.

Seu tom *blasé* tornava tudo pior. Ela nunca achou que estava apaixonada por ele, mas acreditava que ele pelo menos se importasse com ela.

— Bem, eu queria lhe contar pessoalmente.

— Primeiro você gosta de pilotos de corrida. Agora gosta de ginastas dançarinos? Você me faz rir. — Ele se inclinou na direção dela. — Eu vi a forma como você olha para ele. Apenas esperando o momento certo para se rebaixar e se jogar sobre ele.

Ariel o empurrou para longe dela. Se havia alguém por quem tinha um dia se rebaixado, era Chuck.

— Estou tão cansada de você me tratar como lixo!

Ela pulou de cima da caminhonete, mas Chuck a seguiu. *Agora* ele estava irritado.

— Ei! É isso o que eu tenho feito? Tratado você como mais uma piranha que circula nos boxes? Achei que era para isso que você vinha para cá. Ser a filha do pastor não te absolve de agir como uma vadia.

Ariel deu um tapa nele para que se calasse. Ela bateu nele com os punhos. As palavras de Chuck a acertaram em cheio. Ariel tinha agido daquela forma. A diferença era que Chuck ia no embalo, ele a usava da forma que ela deixava. Diferente de Ren...

Os socos eram selvagens, alucinados. Ele se esquivou e se defendeu até conseguir levantá-la pela cintura e jogá-la no chão com uma força que a fez gritar de dor.

Chuck inclinou o corpo sobre ela.

— Eu a tratei com decência. Mais do que você merecia.

Ariel ficou no chão enquanto Chuck voltou à sua caminhonete e deu a partida, saindo de debaixo da arquibancada. Ela não podia deixar aquilo terminar assim, com Chuck achando que tinha provado que estava certo. Que ele havia ganhado. Chuck teria que dar a volta na arquibancada para chegar à saída, então Ariel correu até o outro lado. Estava esperando por ele com um pé de cabra que tinha pegado em uma pilha de ferramentas. Ariel bateu com ele no capô do carro.

Poeira voou quando Chuck derrapou até parar e saltou do carro, gritando com ela.

— Ei! *EI!* Porra!

Ariel não conseguia se segurar, Cada golpe na caminhonete era a vingança pela forma como tinha deixado que ele a usasse. Pela forma como havia deixado que ele a tratasse. Ela acertou um farol.

Chuck socou o braço de Ariel até que ela deixasse o pé de cabra cair. Indefesa agora, Chuck lhe deu um tapa, com toda a força. Ela caiu no chão de terra, soluçando, com as mãos no rosto.

— Você vai ter que voltar andando para o seu papai.

Poeira e cascalho caíram sobre Ariel enquanto Chuck ia embora, deixando-a para trás, sozinha.

• • • • •

Ariel não podia ligar para o pai. Não daquele jeito. Seria o fim de tudo. Talvez Rusty. Se conseguisse achar seu telefone. Onde estava o celular?

— O que em nome de Deus...

Ariel se encolheu. Ela conhecia aquela voz. Outra pessoa que não queria ver.

— Ariel, menina, você está bem?

Ariel se encolheu conforme se sentava.

— Me deixa em paz, Caroline. Vá embora.

Mas a mulher não se moveu.

— Olha, sei que não somos amigas, mas vou tirá-la daqui, então apenas cala a boca e vem comigo, ok?

Ariel sentiu algo na voz de Caroline em que podia confiar, mesmo que não estivesse nas palavras. Aquela mulher havia passado muito tempo na pista de corrida. Talvez estivesse acostumada àquele tipo de coisa. Ela cuidadosamente ajudou Ariel a se levantar e a entrar no carro.

Caroline sempre tratou Ariel mal, mas agora era a melhor coisa que acontecia com ela naquela tarde. Ariel não queria dizer nada e Caroline não queria ouvir nada. Ela dirigiu em silêncio, seguindo as indicações de Ariel quando chegaram à cidade. Ariel sabia que a mãe estaria na igreja naquela tarde, então foi para lá.

Agradeceu a Caroline e a mandou embora, sabendo que, se elas se encontrassem novamente, nunca mencionariam que aquilo havia acontecido. Ah, se ela pudesse ter a mesma sorte com os pais.

•••••

Ariel viu a secretária do pai, a sra. Allyson, primeiro. A mulher a levou para dentro da igreja e saiu apressada. Em pouco tempo a mãe a estava abraçando. Ela mal teve a chance de começar a história quando ouviu pneus cantando do lado de fora da igreja. A voz do pai veio do corredor. Ele logo estava em frente à filha.

— Aquele filho da puta.

Foi a primeira vez que Ariel ouviu o pai falar um palavrão em sua vida. Mas não tinha ideia de sobre quem ele estava falando. Ele não sabia nada sobre Chuck, sabia?

— Cuidado, pai — disse Ariel. — Você está na igreja.

Ela não podia imaginar como ele a via. Tinha visto seu reflexo de relance no carro de Caroline. Não estava nada bonito. O olho roxo já estava se formando.

— Foi Ren McCormack que fez isso a você?

Ren? Como será que ele pôde achar que Ren faria algo assim?

— Responda! — gritou ele.

Ariel se encolheu. Ela não conseguia nem falar.

— Shaw! Acalme-se.

A mãe estava tão furiosa quanto ele, mas tentava ser razoável. Ariel sempre tinha admirado aquilo. Independentemente de como a situação estivesse ruim, a mãe sempre mantinha a cabeça fria. Bobby era assim também.

— Nossa filha foi agredida, Vi — insistiu o pai. — E ele vai pagar por isso.

— Olho por olho.

Ariel achou a voz em meio à própria raiva. Aquilo era típico do pai. Pronto para atirar em alguém antes de saber o que tinha acontecido. A verdade não importava mais a ele. Tudo o que importava eram as aparências.

— Eu a adverti a respeito dele!

Ariel olhou para o pai. O hematoma devia estar feio. Ele mal conseguia olhar para ela.

— Para alguém que devia olhar para os corações e mentes das pessoas, você é cego como um morcego.

Seu pai a ignorou e se virou para Vi.

— Quero aquele sujeito algemado.

— Vejo como as coisas funcionam para você. — Ariel se enfureceu. — Apenas bote a culpa de tudo em Ren. Da mesma forma como você fez com Bobby.

O reverendo Moore estava chocado.

— O quê? Do que você está falando?

No silêncio que se seguiu, Ariel deixou os pais a verem chorar pela primeira vez em anos.

— Bobby passou a vida inteira tentando fazer com que você se sentisse orgulhoso. Ele tirava notas boas. Ia à igreja aos domingos. Mas Deus o livre porque ele cometeu um erro. Agora ninguém se lembra de coisas boas a respeito de Bobby. Só daquele maldito acidente.

Ariel viu que a mãe prestou atenção ao que ela estava dizendo, mas o pai ainda precisava ser convencido.

— É por causa do Bobby que não há um baile na escola. É por causa do Bobby que temos esse toque de recolher. — A voz de Ariel se levantava com cada acusação. — A culpa de tudo isso é do Bobby.

O pai não estava engolindo aquilo.

— Você vai abaixar a voz e manter um tom civilizado.

Sua mãe fez o que sempre fazia. Tentou colocar panos quentes.

— Ariel, não vamos fazer isso aqui.

— Por que não? — perguntou Ariel. — Esta não é a minha igreja? Não é aqui que devemos falar sobre nossos problemas?

A represa finalmente transbordou. Toda a dor, a mágoa, tudo o que tinha trancado dentro dela, tudo que estava acumulado saiu dela como uma enxurrada. Confissão fazia bem para a alma.

— Eu ando... perdida. Venho perdendo a cabeça. Mas vocês não veem. Vocês não se importam.

— É claro que nos importamos — disse o pai. — E não espero que você entenda que tudo isso foi feito com a intenção de protegê-la e ampará-la...

Ariel o interrompeu. Ela não estava com paciência para aquele comportamento condescendente.

— Ah, pare com isso! Odeio quando você fala comigo como se eu fosse uma criança.

O pai levantou a voz.

— Querendo ou não, mocinha, você *é* a minha criança.

— Eu não sou nem mais virgem!

As palavras tinham saído da boca antes que ela pudesse impedi-las. Ariel queria que algo chocasse o pai a ponto de ele a escutar. Para fazê-lo ouvir.

Ele ficou fora de si de tanta raiva.

— Não fale assim aqui dentro!

— O que você vai fazer? Passar outra lei? — gritou ela de volta para ele. — Você simplesmente tornou tudo proibido. E não foi o suficiente para mantê-los longe das minhas calças.

O reverendo Moore deu um tapa no rosto da filha. Aquilo foi um choque além de qualquer coisa que ela havia experimentado. E foi igualmente chocante para o pai.

— Shaw! — gritou a mãe.

Ariel estava desafiadora.

— Bem, vamos prender o sujeito que deixou meu olho roxo. Porque não batemos em garotas em Bomont. Não é, pai?

Ele estava tremendo.

— Ariel. Por favor. Eu não quis fazer isso.

Ele se moveu na direção dela, mas Ariel saiu da igreja correndo. Ela não podia lidar com aquilo. Era muita coisa.

— Não! — Ela ouviu a mãe dizer ao pai. — Você fica aqui! Estou falando sério!

A mãe saiu gritando o nome da filha, mas Ariel não conseguia parar. Não até chegar do lado de fora, longe da igreja do pai. Longe dos olhos que a julgavam.

— Ariel, por favor — suplicou a mãe.

Ela finalmente parou no estacionamento, tentando se acalmar enquanto a mãe se aproximava. Fizera tudo errado. Tornara tudo pior.

— Mãe, não posso voltar — disse ela. — Não agora. Não posso...

— Está tudo bem, querida — disse Vi, envolvendo a filha nos braços. — Nada disso é sua culpa. Nada disso.

Mas Ariel não tinha tanta certeza. Tinha deixado aquilo tudo sair de controle. Tinha deixado a vida ficar tão louca.

— Também não é culpa do Ren — disse ela. — Ele não fez isso. Ele nunca faria isso.

— Eu sei — disse Vi. — Sou muito boa em julgar o caráter das pessoas.

Ariel se encolheu. A mãe não sabia nada sobre o caráter da filha.

— Não ouse fazer isso — disse Vi, como se estivesse lendo os pensamentos de Ariel. — Eu a conheço, menina. Eu a conheço melhor do que você mesma se conhece. Posso ter deixado algumas coisas passarem, mas isso não quer dizer que você não é mais o meu bebê. Que você não é a boa menina que eu criei. Apenas sinto muito por não ter sido mais presente para você. Prometo que isso vai mudar.

— E o papai?

— Ele é um bom homem — disse ela. — Apenas perdeu o rumo.

Ariel quis fazer uma piada. Um comentário malicioso. Mas apenas deixou a mãe abraçá-la

— Venha — disse Vi. — Deixe eu te levar para a casa de Rusty. Acho que você precisa de uma amiga agora. Talvez mais do que dos pais.

— Sempre vou precisar de você, mãe — disse Ariel.

Vi beijou a testa da filha.

— Mas nem a metade do quanto eu preciso de você.

• • • • •

O pai de Ariel era um homem destruído. Tão destruído quanto o balanço do quintal que ele vinha querendo derrubar há anos. Era um homem destruído desde aquela horrível noite em que o policial Herb foi bater à sua porta. Mas aquilo não era desculpa para o que ele tinha feito à filha. Ele mal podia olhar nos olhos da mulher quando ela se aproximou dele.

— Onde ela está?

— Na casa de Rusty — respondeu Vi.

As nuvens acima pareciam carregadas e escuras. Chuva estava a caminho.

— Nunca bati em ninguém na minha vida. Não sei o que aconteceu comigo.

— É nisso que vocês dois são parecidos — disse ela. — Vocês lidam com a dor em extremos.

Vi se sentou no balanço ao lado do marido. O metal rangeu por causa dos anos de negligência.

— Logo depois que Bobby morreu — disse ela —, eu estava, por incrível que pareça, procurando lápides. Disseram que a pedra chegaria em três semanas, mas o processo de entalhamento demoraria dez meses. Perguntei a eles: "Por que demora tanto? Meu filho já está debaixo da terra". Disseram que era a norma do cemitério esperar um ano antes que o entalhamento fosse permitido.

Aquilo explicava algo sobre o que Shaw sempre imaginara. Nunca tinha sido capaz de perguntar. Por mais que tivesse rezado por Bobby em silêncio, sozinho, e em voz alta, na igreja, era difícil visitar o túmulo do filho. Aquilo era injusto, mas tinha deixado tudo nas mãos de Vi quando aconteceu. Ele estava focado em outras coisas.

— Eles fazem isso porque as famílias, na sua tristeza e no seu sofrimento, têm a tendência a falar muito — explicou Vi. — Quando a coisa de que realmente precisam é tempo para organizar os pensamentos. Tempo para curar. Para ficar de luto e se lembrar.

Shaw tinha a sensação de que ainda estava se curando, de que ficaria naquele processo de cura para sempre. Era mais difícil agora que Ariel abrira todas as feridas, feridas que talvez precisassem ser reabertas para cicatrizarem adequadamente.

— Sei que estávamos tentando proteger nossos filhos — disse Vi. — Mas essas leis. Isso foi demais. Cedo demais.

Os pensamentos de Shaw se voltaram para o mesmo lugar que sempre iam: os outros jovens. Aqueles que estavam no carro com Bobby. Aqueles que não estavam ao volante.

— Havia outros que perderam suas vidas. Senti uma obrigação...

— Sua obrigação era com a nossa filha. — A voz dela era delicada, mas firme. — E ao se voltar para sua congregação, de alguma forma você se afastou dela. — Vi levantou do balanço para poder ficar de frente para o marido. — Sou a mulher de um pastor há 21 anos. Tenho sido compreensiva. Tenho sido discreta. Ainda acredito que você é um pastor maravilhoso. — Ela fez uma pausa. — Mas é no cara a cara que você precisa trabalhar um pouco mais.

Vi deixou o marido sozinho, olhando para o balanço destruído.

Capítulo 19

O hematoma no rosto de Ariel parecia pior nas sombras do vagão de trem. Tinha coberto o roxo da melhor maneira que pôde com maquiagem, mas Ren ainda podia ver o machucado por baixo daquilo. Era tudo o que ele podia fazer para conter sua raiva.

— Seu velho pode estar errado sobre muitas coisas, mas jogar Chuck na prisão me parece uma boa ideia.

— Só quero que isso tudo fique para trás — disse ela. — Estou me sentindo uma idiota.

Ren já havia lhe dito para parar de se culpar. Sim, Ariel tinha perdido a cabeça no autódromo; ela deveria se sentir mal por isso. Mas aquilo não dava a Chuck o direito de fazer o que fez. De forma alguma.

— Tenho algo para você.

Ariel colocou a mão na bolsa e retirou uma velha Bíblia para crianças.

Ren pegou o livro nas mãos.

— Uma Bíblia?

— Não é uma bíblia qualquer. E minha. Eu a tenho desde que tinha 7 anos. — Ela abriu a capa, revelando seu nome escrito em letra cursiva de criança. Ariel a folheou, mostrando algumas passagens sublinhadas a Ren. — Marquei algumas páginas para você. Achei que precisaria de um pouco de ajuda para enfrentar o conselho municipal.

Enquanto lia os itens que Ariel sublinhara, seu entusiasmo cresceu.

— Ei, isto é ótimo. — Cada frase era exatamente do que ele precisava. — Isto é... isto é perfeito!

Ariel olhou para ele, orgulhosa de si mesma por ajudá-lo da maneira que podia.

— Você disse que me beijaria um dia.

A Bíblia repentinamente foi esquecida. Ren sorriu para ela.

— Sim.

Pela primeira vez desde que Ren a tinha conhecido, Ariel estava repentinamente envergonhada. Sem toda aquela confiança. Aquilo a deixava ainda mais adorável.

— Você acha que poderia ser hoje? — perguntou ela.

Ren respondeu pressionando os lábios contra os dela. O beijo foi lento e delicado, do tipo que fazia os dois se sentirem menos sozinhos. Doce e inocente, não ardente de paixão. Haveria tempo para aquilo depois. Não agora, enquanto os dois estavam com as mãos sobre uma Bíblia.

•••••

Quando a deixou em casa, Ren a acompanhou até a porta como um cavalheiro. Eles trocaram um último beijo rápido e Ariel entrou. Enquanto ia embora, ele se sentia como se pudesse conquistar o mundo todo. O conselho municipal e Chuck Cranston não tinham a menor chance!

A excitação de Ren o manteve acordado a maior parte da noite enquanto ele preparava o discurso para o conselho e revisava as passagens da Bíblia que Ariel tinha selecionado. Ele não sabia se aquilo era toda a munição de que precisava, mas era um bom ponto de partida.

O tempo voou mais rápido do que tinha passado desde que chegara a Bomont. De repente, já eram dois dias depois e o tio o estava levando à reunião do conselho. Em um piscar de olhos estavam na câmara do conselho municipal.

O número de adolescentes era o dobro do de adultos enquanto todos entravam no grande salão. Impressionante, pois muitos dos adolescentes nem sabiam direito onde a câmara era antes de perguntarem a Ren. Aquilo também era assustador.

Já era suficientemente ruim ele ter que ficar de pé diante de todo o conselho e da plateia normal, mas agora o alcance total do empreendimento pesava sobre ele. Os colegas de turma estavam ali para apoiá-lo porque queriam um baile tanto quanto ele, talvez até mais do que ele. Eram todos provavelmente jovens demais para poder apreciar completamente o que tinham perdido há três anos.

Eram tio Wes, tia Lulu e as meninas que deixavam Ren mais nervoso. Ele não queria desapontá-los. Wes tinha se lembrado de remover a placa de neon da concessionária no outro dia. Ele vinha ignorando o pedido de Roger desde que o vereador mencionara aquilo na frente de Ren, mais de dois meses antes, mas foi retirada logo depois que Ren avisou ao tio o que estava fazendo.

Ariel estava perto do corredor com a mãe. O hematoma no rosto ainda visível, mas não tão ruim. Ren teve de afastar os pensamentos a respeito da agressão enquanto ela se aproximava. Tinha muito com o que se preocupar.

— Você está nervoso? — perguntou Ariel.

— Estou completamente aterrorizado — disse ele baixinho.

Ele não precisava que ninguém ao redor escutasse aquilo: os adultos que estavam contra ele ou os jovens que o apoiavam.

— Deixa eu te dar algo para pensar enquanto estiver lá em cima. — Ela desabotoou um dos botões de pressão da blusa. — É só para você ver. — Outro botão se abriu. Ren olhou em volta para se assegurar de que ninguém estava olhando. O que ela estava fazendo? O resto dos botões de pressão se abriu rapidamente enquanto ela mostrava a camiseta sem manga que usava por baixo da blusa. Estava escrito: "Dance até não poder mais."

— Isso é demais — disse Ren, enquanto ela abotoava a blusa rapidamente.

— Não faço camisetas para qualquer um. Você é especial. — Ela o beijou levemente no rosto. — Acabe com eles, Ren McCormack.

Ariel se juntou à mãe e a Rusty, que estava guardando lugares. Quase não havia mais assentos vagos na câmara. Ren tomou o próprio assento ao lado de Wes. Amy tinha ficado especialmente orgulhosa de tê-lo guardado para ele. Willard, Woody e Etta estavam na fileira atrás dele. Naquele momento, Ren se sentia seguro, em um casulo de família e amigos.

Mas nem todos estavam do seu lado. O sr. Parker e o policial Herb também estavam lá. Os dois olhavam para Ren como se esperassem que ele fosse desrespeitar a lei a qualquer momento: acender um baseado, ou quem sabe o que mais.

Willard bateu no ombro do amigo.

— Qual é o seu plano secreto?

Ren soltou um sorriso nervoso.

— Gostaria que fosse fácil assim.

O martelo bateu conforme o diretor Dunbar anunciou o início da reunião.

Os procedimentos eram infinitos, ainda mais longos que na última reunião a que Ren tinha assistido. O conselho cuidou de cada item na pauta com uma deliberação dolorosamente lenta, como se esperasse entediar os adolescentes para que fossem embora. Vale ressaltar que nenhum dos defensores de Ren abandonou o recinto.

— Moção deferida — disse o diretor Dunbar com outra batida do martelo. — O dia de coleta de lixo vai mudar para quarta-feira e se limitará a dois recipientes.

Houve uma pausa enquanto o diretor olhava para a plateia.

— E agora podemos trazer à tona novos assuntos — disse o diretor Dunbar. — Mas antes de começarmos, quero lembrar a todos os jovens de que estamos conduzindo uma reunião oficial. Um assunto municipal oficial. E isso significa que nenhuma perturbação será tolerada.

Amy e Sarah ajeitaram a postura ao lado de Ren, como se quisessem deixar claro que estavam levando aquilo muito a sério.

— O plenário está aberto agora.

Lá vamos nós.

Ren se levantou, sabendo que cada um dos olhos naquele lugar estava sobre ele. Ficou na dúvida sobre se devia ir até o microfone, mas não tinha certeza se conseguiria cruzar o longo corredor andando com as pernas bambas.

— Meu nome é Ren McCormack — anunciou ele, com a voz clara, mas trêmula. — E quero fazer uma moção, em nome da maior parte da turma de veteranos da Bomont High School, para que... que a lei contra dança em público dentro dos limites de Bomont seja abolida.

Os adolescentes na plateia, e as duas crianças mais novas, explodiram em gritos de incentivo e aplausos. Roger foi rápido com seu martelo.

— Teremos ordem aqui. Vocês não serão advertidos novamente.

O reverendo Moore se inclinou para a frente.

— Roger, posso me dirigir ao sr. McCormack com relação a este assunto?

Roger assentiu em aprovação e se preparou para o começo da batalha. Era a primeira vez que se viam desde que Ariel havia sido ferida. Ren ficou imaginando se o pai ficara sabendo que não tinha sido ele quem tinha batido nela.

O reverendo falou com a voz calma.

— Além da bebida, das drogas e do comportamento obsceno que sempre parecem acompanhar esses eventos não supervisionados, a coisa que me aflige mais, Ren, é a corrupção espiritual. Esses bailes... Essa música distorce o comportamento dos jovens. Pode parecer engraçado para você, mas acredito que dançar pode ser destrutivo. Acredito que uma celebração de certa música pode ser destrutiva. As pessoas em Boston podem ter uma opinião diferente, mas estamos em Bomont.

Não era a primeira vez que Ren percebia como as pessoas sempre pareciam rebaixá-lo por ser daquela cidade do norte.

— Estamos envolvidos nas vidas de nossas crianças — continuou o reverendo. — E nos importamos. Ren, receio que você descobrirá que a maioria das pessoas em nossa comunidade vai concordar comigo a respeito disso.

Dessa vez, a erupção educada de aplausos veio dos muitos, mas não todos, adultos no recinto. Estranhamente, ninguém bateu o martelo para que eles ficassem em silêncio.

Uma conselheira se pronunciou.

— Acredito que devemos votar a moção.

Ren olhou para o tio e os amigos. Aquilo tinha sido tudo? Não podia ser tudo.

— Com licença — disse ele.

Roger o ignorou.

— Todos que se opuserem, por favor, indiquem o voto com "de acordo" ou...

Ren tentou falar mais alto que ele.

— Ainda tenho algumas coisas que gostaria de falar sobre o assunto.

— Ei, o que está acontecendo? — perguntou Wes, enquanto os adolescentes na plateia acrescentaram suas vozes à confusão. — Achei que Ren tinha a palavra.

Roger bateu o martelo com força, gritando para que eles se calassem.

— Esta reunião vai restabelecer a ordem. Sr. McCormack, temos sido mais do que pacientes com suas intrusões. Gostaria de lembrá-lo de que falamos pela cidade porque somos daqui.

A mão de uma mulher se levantou à direita de Ren. Ele percebeu que era a de Vi.

— Com licença, sr. Dunbar.

Mas o diretor não podia ser parado. Ele continuou vociferando sobre o ultraje do pedido de Ren.

— Roger, pare com isso — falou Vi de forma seca, enquanto se levantava, fazendo o diretor e o resto do conselho se calarem com o choque. Com uma voz mais suave, ela acrescentou: — Acho que o sr. McCormack tem o direto de ser ouvido.

A parte da plateia dos defensores explodiu novamente, mostrando ao conselho que havia pessoas que cresceram em Bomont que apoiavam Ren. Eles o tinham escolhido para falar por elas.

Ren saiu da fileira e se moveu até o palanque com o microfone. Queria se assegurar de que ninguém perdesse nenhuma daquelas palavras. Ren tirou o discurso do bolso e o desdobrou, alisando as dobras do papel.

Ele tinha perdido muito sono escrevendo e reescrevendo o discurso, se assegurando de que cada palavra fosse perfeita. Mas naquele momento, sendo observado pelo conselho, resolveu não usá-lo. Ele precisava olhar nos olhos deles.

Ren dobrou o papel novamente e começou a defesa.

— Eu não estava aqui há três anos quando a tragédia atingiu esta cidade. Sei que não cabe a mim ficar de luto pelas vidas que foram perdidas. Eu não os conhecia. Mas isso não significa que não penso neles todos os dias.

Ele olhou para Ariel. Ela sorriu, mandando todo o encorajamento silencioso que podia.

— Sou como muitos dos alunos da Bomont High — continuou ele. — Eu vejo aquela foto deles juntos na parede da escola todos os dias. Toda vez que vejo seus rostos, penso em como a vida é preciosa. Porque a vida pode ser tirada, muito rapidamente. Sei disso por experiência própria.

Sua voz ficou um pouco embargada. Pensar na mãe sempre causava aquilo.

— Sei que pode ser tolice para a maioria de vocês — disse Ren —, esse desejo de ter um baile em que possamos realmente, sabem, enlouquecer. Apenas dançar como idiotas e extravasar. E talvez, no meio de toda aquela dança, venhamos a tocar uns nos outros. — Ren riu. Não de uma maneira condescendente, era algo inocente. Genuíno. — Mas não há nada de que se envergonhar nisso. Não é nada doentio. Não é um *pecado*. Dançar é a nossa forma de celebrar a vida.

Ele tirou a Bíblia de Ariel de dentro da jaqueta, levantando-a para que todos pudessem ver. As páginas que a garota tinha sublinhado estavam marcadas com um arco-íris de notas autoadesivas. Ren virou as páginas até a primeira passagem.

— O Salmo 149 não diz "Louvai o Senhor. Cantai ao Senhor um novo cântico. Louvai seu nome com danças"?

Ele fez uma pausa para deixar aquelas palavras serem absorvidas pelo conselho e por todas as outras pessoas.

Ren não conseguiu deixar de notar que o reverendo Moore trocou olhares com a esposa.

— Se algum de vocês trouxe uma Bíblia, como eu fiz — disse Ren —, por favor, abra no Livro de Samuel, 6:14. — Ele virou as páginas até o próximo marcador e leu. — "Davi dançava com todas as suas forças diante do Senhor. Saltando e dançando diante do Senhor." — Ele se virou para o reverendo Moore. — "Celebrando seu amor por Deus, celebrando seu amor pela vida... *dançando*." O que quero dizer é que, se Deus disse isso e nós acreditamos nisso, não está resolvida a questão?

Ren se virou para a plateia atrás dele, esperando trazê-los para o seu lado.

— O Eclesiastes nos assegura de que "há um tempo para cada atividade sob o céu. Tempo para chorar. Tempo para prantear. E há tempo para dançar". Este é o nosso tempo. — Ele deixou a mensagem ser absorvida por um momento, antes de se virar novamente para o conselho. — Obrigado.

Ele fechou a Bíblia de Ariel e voltou para o assento enquanto todos pensavam nas palavras em silêncio.

Capítulo 20

Os pensamentos de Shaw Moore pesavam muito enquanto ele permanecia sentado no escritório. Shaw tinha votado com a consciência naquela tarde. Fez o melhor para a cidade. Foi uma decisão difícil, mas não podia voltar atrás, independentemente de como a filha se sentisse. Ele estava se acostumando à decepção nos olhos dela.

Depois daquilo, ele foi para casa e se recolheu no escritório, onde estava desde então.

Aquele era o lugar em que ele digitava os sermões, os discursos inspiradores que usava para guiar a congregação. Para lhes ensinar a melhor forma de viver suas vidas. Mas e se estivesse errado? E se ele estivesse tão perdido quanto seu rebanho?

Uma sombra cruzou a luz do hall. Vi estava à porta, de camisola. Era mais tarde do que ele tinha achado.

— Você parece cansado — disse ela. — Venha para a cama.

Sono não adiantaria. Era algo mais profundo, estava na alma.

— Foi a segunda vez que me sentei naquela câmara do conselho e parti o coração da minha filha. Eu a estou perdendo, Vi. Talvez eu já a tenha perdido.

A esposa estava prestes a lhe dizer algo, talvez algo para confortá-lo. Mas uma batida na porta da frente fez os dois ficarem tensos. Na última vez que alguém bateu à porta tarde da noite, o mundo deles fora destruído.

— Quem poderia ser? — perguntou Vi.

Shaw tentou não correr atrás dela enquanto a mulher saía do quarto para abrir a porta da frente. Era Roger Dunbar. Não era exatamente a última pessoa que Shaw esperava ver àquela hora, mas também não era a primeira. Roger entrou. Parecia óbvio que tinha algo em mente.

— Oi, Shaw — disse ele. — Sei que está tarde, mas achei que você e eu deveríamos conversar. — Ele finalmente notou que Vi tinha aberto a porta para ele. — Desculpe a invasão, Vi.

— O que há de errado? — perguntou Shaw.

A mente do pastor saltou para uma infinidade de possíveis problemas. Não dava para saber o que os adolescentes que tinham estado na câmara do conselho estavam aprontando naquela noite, como estariam reagindo à votação. Ele tentava não condenar Ren McCormack sem provas de novo, mas não conseguia evitar se preocupar com qualquer rapaz interessado em sua filha.

Shaw desejou ter certeza de que Ariel ainda estava na cama.

— Não consigo não ficar perturbado por causa da votação do conselho — disse Roger. — Acho que precisamos nos reunir no início da próxima semana para definir nossas prioridades.

Aquilo não fazia nenhum sentido para Shaw. Os votos tinham sido a favor deles. A voz de Roger falara mais alto. O banimento da dança permaneceria.

— Eles votaram a nosso favor, Roger. O que mais você quer?

— Não foi unânime — disse Roger, como se a razão fosse óbvia. — Nem de longe. É isso que me incomoda.

— Talvez porque Ren tivesse alguma razão — intercedeu Vi.

Roger se virou para ela.

— Sinto muito, Vi, mas nesse ponto você e eu discordamos. Aquele garoto não estava aqui há três anos. Ele não sabe como a coisa ficou feia na cidade antes de nos unirmos por trás dessas leis. — Ele voltou a atenção novamente para Shaw. — Leis que você recomendou, Shaw. E com toda razão.

Shaw já não tinha mais tanta certeza daquilo.

— Mas ele tem um argumento convincente — disse Shaw. — Talvez algumas dessas restrições estejam ferindo mais do que ajudando.

Roger se recusou a ceder.

— Você vê esses adolescentes uma vez por semana, no domingo. Eu lido com eles todos os dias. Essas leis funcionam. Mentes jovens são facilmente impressionáveis. Temos que ser firmes. Não demora muito para que a corrupção se enraíze.

— E de quanto tempo estamos falando, Roger? — perguntou Shaw. — Do mesmo tempo que leva para a compaixão morrer?

A conversa estava ficando inesperadamente tensa. A raiva de Roger aumentou.

— Não posso acreditar que você esteja reconsiderando isso. *Especialmente* você!

— Não vou ficar aqui discutindo com você, Roger.

Shaw tentou manter a compostura, mas não era fácil. Ele já estava passando por momentos difíceis por causa daquele assunto; não precisava que Roger lhe aumentasse o fardo.

Vi colocou a mão no ombro do marido.

— Talvez vocês dois devessem falar sobre isso amanhã de manhã.

Mas Roger não estava pronto para esquecer.

— Você não é o único que perdeu alguém naquela ponte, Shaw. — O reverendo Moore ficou embasbacado. Roger tinha acabado de cruzar uma linha sem volta. — Eu fiquei ao seu lado quando todo mundo começou a botar a culpa em Bobby por aquele acidente. Você perdeu um filho. Eu perdi uma filha. E nós ainda trabalhamos para unir esta cidade. Pode ter certeza de que não vou deixar um garoto convencido desfazer tudo o que consertamos.

Roger saiu apressado da casa dos Moore, batendo a porta.

Shaw ficou imóvel. Quantas pessoas julgariam as decisões dele? Quantas vezes mais lhe diriam que ele estava errado por fazer o que achava que estava certo?

Ele olhou para a mulher. Se ela um dia se voltasse contra ele, sua vida estaria acabada.

Vi segurou a mão do marido.

— Venha para a cama.

Shaw a deixou guiá-lo até o andar de cima, apagando as luzes enquanto subiam. Ela planejava levá-lo para o quarto, mas Shaw ainda não estava pronto para ir. Ele precisava ver a filha. Saber que ela estava em segurança.

Ele bateu de leve na porta, mas não houve resposta. Nenhuma luz brilhava pela fresta debaixo da porta. Ele não queria perturbar a privacidade de Ariel, mas precisava saber que ela estava ali.

Silenciosamente, virou a maçaneta e abriu uma fresta da porta, apenas o suficiente para que pudesse vê-la deitada na cama, parecendo totalmente em paz enquanto dormia. Ele jurou silenciosamente para Ariel que se redimiria com ela. De alguma forma, descobriria o que estava errado entre os dois e acharia um meio de consertar aquilo.

Capítulo 21

Ren estava de volta ao trabalho, descarregando sacas de esterco do caminhão de entrega e as colocando sobre uma empilhadeira. Ele meio que gostava do trabalho repetitivo no momento. Mover as sacas pesadas o ajudava a esquecer a decepção.

Estava em desvantagem ao entrar na câmara do conselho. É verdade que conseguiu mudar algumas mentes. A votação para revogar a proibição sobre a dança chegou perto de passar.

O tio tentou convencê-lo de que Ren tinha começado algo. Fizera as pessoas falarem, pensarem. Aquele era apenas o primeiro passo. Talvez quando Sarah e Amy estivessem no segundo grau, as regras fizessem sentido novamente. Mas Ren não sabia se ainda estaria na cidade para ver aquilo, embora, no momento, tivesse motivos para ficar.

— Você sabe que foi vítima de uma armação — disse uma voz que vinha de trás dele.

— Hein?

Ren estava tão perdido em pensamentos que nem tinha ouvido Andy se aproximar.

— Shaw Moore entrou naquela reunião já com os votos no bolso. Você não tinha a menor chance — disse Andy. — Então, o que vai acontecer agora?

Ren voltou ao trabalho. Ele não queria falar sobre aquilo.

— Acabou. Nada vai acontecer.

— E se não tiver acabado? — perguntou Andy. — E se você fizer o baile em Bayson?

Ren jogou uma saca sobre a pilha e voltou para pegar outra.

— A ideia era fazer em Bomont. Bayson fica onde? A 50 quilômetros daqui?

— Não — disse Andy, afastando-se do caminhão. — Você está em Bayson neste momento.

Ren deixou a saca de esterco cair e seguiu Andy na direção da estrada.

O patrão apontou para algo ao longe.

— Está vendo aquela caixa-d'água? Lá é Bomont. Mas tudo ao leste daquilo é Bayson. Isto inclui o moinho de algodão. Imagino que se os caminhões de bombeiros de Bomont não podem chegar tão longe ao leste, então o longo braço da lei também não pode.

Ren reconheceu imediatamente a falha naquele plano.

— Mas e quanto ao longo braço do reverendo Moore?

— Descubra uma forma de convencê-lo de que não será uma "corrupção espiritual" e talvez ele pense a respeito — disse Andy, e então voltou ao trabalho.

Ren atacou as sacas de esterco com energia renovada, terminando o trabalho em metade do tempo que teria levado. Andy o deixou sair mais cedo, pois o trabalho estava feito e parecia claro que Ren era agora um homem com uma missão. Depois de uma rápida viagem até em casa para tomar banho, Ren seguiu a caminho da Primeira Igreja Cristã de Bomont. De acordo com Ariel, o pai dela estaria lá durante toda a tarde.

As luzes estavam acesas na igreja. Ren entrou em silêncio, se sentando nas sombras de um dos bancos dos fundos. O reverendo Moore estava no púlpito, trabalhando em um dos sermões.

A voz do homem ecoou pelas fileiras vazias.

— Contemplei e escutei um anjo voando através da bruma do Céu, dizendo em voz alta "Infortúnio aos habitantes da Terra". E vi uma estrela cair do Céu sobre a Terra. E a um anjo uma chave foi entregue. A chave para um poço sem fundo.

Quando o reverendo Moore tirou os olhos do texto, viu a silhueta de Ren. Era quase como se a presença o assustasse.

— Quem... quem está aí? Apareça.

Ren saiu das sombras. Aquilo não estava começando bem.

— Sou eu. Ren McCormack.

O reverendo parecia aliviado, embora de alguma forma desapontado.

— Algumas vezes, quando eu trabalhava nos meus sermões, meu filho ficava sentado bem aí no fundo. Não sei qual é o problema desse canto.

— Sim. Comigo são os mercados — disse Ren.

— Perdão?

— Tem um monte de mães em mercados. Você escuta um monte delas chamando os filhos, e volta e meia você se depara com uma que soa exatamente como a sua. — Ele tomou fôlego. — Algumas vezes eu acho que realmente a escuto. Eu me viro, mas...

— Não me lembro da última coisa que disse ao meu filho — admitiu Moore. Os dois descobriram algo que poderiam compartilhar: as tragédias em suas vidas. — Posso lhe dizer o que não foi. Eu sei que não lhe disse "eu te amo".

— Também não é tão fácil quando se tem tempo — assegurou Ren. — Você acha que pode dizer todas as coisas que quer dizer, mas... a morte tem o próprio relógio.

— Tem mesmo.

Pela primeira vez, o reverendo Moore olhou para Ren com algo que parecia respeito nos olhos.

Era agora ou nunca. Ren não teria uma oportunidade melhor.

— Sei que o conselho votou contra fazermos o baile. Mas isso não vai impedir que aconteça. Andy Beamis nos deu permissão para fazê-lo em seu moinho.

O reverendo estava impressionado, mesmo contra sua vontade.

— Isso é inteligente. O moinho de algodão não fica no nosso distrito.

— Com sua permissão, gostaria de levar Ariel — disse Ren. — Ao baile. Eu nunca faria algo para magoá-la ou desrespeitá-la. E com toda a certeza não deixaria nenhum pobre diabo... desculpe. Não tive a intenção de praguejar na igreja.

O sorriso do reverendo melhorou levemente o clima.

— Você não seria o primeiro.

— Esse baile é muito importante para mim — explicou Ren. — Mas sua filha é mais. Então, se o senhor não a deixar ir, eu também não vou. Sei que o senhor precisa fazer o que tem de ser feito, mas... obrigado por escutar.

O reverendo Moore escutou o que Ren estava dizendo. Ele pareceu bastante tocado.

— Obrigado por... bem, obrigado.

Ren saiu da igreja sem esperar por uma resposta. Ele não queria forçar a barra. Tinha feito sua parte; agora era melhor deixar o reverendo pensar sobre aquilo Mas Ren tinha esperança. Ele certamente tinha esperança.

Capítulo 22

Ariel não sabia o que fazer em relação ao pai. As coisas estavam feias entre os dois. Tinham ficado desde que ele lhe dera um tapa; antes daquilo, até. Os dois conseguiram declarar uma trégua e seguir em frente, mas a casa estava repleta de tensão. Aquilo só piorou depois que o reverendo Shaw votou contra o baile.

Eles não estavam brigando. Nada de gritos, nada de xingamentos, simplesmente nada. Eles mal reconheciam a presença um do outro, fora as repetidas desculpas do pai pelo que fizera. Ariel queria se desculpar também, por se comportar mal, mas não sabia por que estaria se desculpando. Ela achava que deveria se desculpar mais consigo mesma.

Ela e Ren trocaram um olhar no corredor da igreja. Pelo menos aquela parte da vida estava dando bastante certo. Pela primeira vez em uma eternidade, Ariel encontrou um cara que queria estar com *ela*, não com a filha do pastor. Ou talvez ele não fosse o primeiro, talvez ela apenas precisasse dar uma chance às pessoas. De qualquer forma, não poderia ter escolhido uma pessoa melhor para começar.

Uma pergunta silenciosa passou entre eles. Algo estava errado com o reverendo Moore ali também. Ela não foi a única a reparar no silêncio do pai. Todos olhavam para ele.

O reverendo Moore olhou para a congregação, quase como se estivesse surpreso por eles estarem à frente dele.

— Estou de pé aqui diante de vocês hoje com o coração atormentado — disse ele, finalmente.

— Insisti em me responsabilizar por suas vidas — continuou ele —, mas sou, na verdade, como um pai de primeira viagem, que comete erros e aprende com eles enquanto segue em frente. E, como um pai, encontro-me naquele momento em que tenho que decidir. Será que me apego? Ou será que os confio a vocês mesmos? Será que lhes dou liberdade e espero que tenham aprendido minhas lições?

Seus olhos se fixaram em Ariel. Aquela mensagem era tanto para ela quanto para a congregação.

— Se não começarmos a confiar em nossas crianças, como elas se tornarão um dia... confiáveis?

Moore voltou a atenção para o outro lado do corredor, onde Ren estava sentado.

— Ouvi dizer que a turma de veteranos da Bomont High School arranjou um galpão na nossa cidade vizinha, Bayson, para um baile. Por favor, juntem-se a mim em oração para que o Senhor os guie em seus esforços.

O silêncio que normalmente se seguia à convocação das orações do reverendo foi quebrado por murmúrios e sussurros entre os congregados. Rusty estava ocupada tagarelando no ouvido de Ariel, mas a amiga não ouviu uma palavra. Ficou sentada ali, brilhando de orgulho, concentrada nos dois heróis: Ren e o pai.

•••••

O céu estava limpo e o sol brilhava forte enquanto uma dúzia de quadriciclos e motocicletas subiam o morro à frente. Ariel estava sentada ao lado de Ren no Fusca. Rusty tinha ido com Willard na caminhonete dele. Todos podiam ouvir os gritos animados de Willard, mais altos que o barulho do motor. Eles eram a primeira onda em um exército de voluntários se dirigindo ao Moinho de Algodão Beamis.

Na cidade, um surpreendente número de carros e caminhonetes, todos pintados com cartazes de apoio que diziam FORMANDOS DE BOMONT e VAMOS, PANTHERS, passaram pelo diretor. Os alunos, e mais do que apenas alguns dos pais, estavam amontoados do lado de dentro. Roger Dunbar ficou observando enquanto a família Warnicker saía da concessionária e deixava a cidade, provavelmente ao encontro do sobrinho.

Todos estavam barulhentos e estridentes, buzinando e gritando pelas janelas. Era o tipo de celebração que normalmente só acontecia durante um jogo de futebol americano. Já tinha se passado um bom tempo desde que a cidade havia se juntado daquela forma em uma animação desenfreada no meio de um dia normal. Parte dele estava com medo de que alguém pudesse causar um acidente, por não prestar atenção no caminho. Mas a outra parte começava a imaginar se as coisas poderiam ser daquele jeito com mais frequência.

O policial Herb ficou observando enquanto os carros passavam por ele na estrada que levava para fora da cidade, apenas um pouco acima do limite de velocidade. O suficiente para que ele pudesse pará-los, mas não o suficiente para que ele devesse. Não era necessário ser um gênio para perceber que o policial seria vaiado se parasse alguém. Eles estavam dirigindo com bastante segurança. Dentro da lei. Contanto que ninguém causasse nenhum estrago, era melhor deixá-los em paz.

Alguns quilômetros à frente, naquela mesma estrada, Andy Beamis abria as grandes portas de correr da área de estoque do moinho. Aquele era o lugar onde coisas eram jogadas e esquecidas. Era um espaço grande e bagunçado que precisava de muita atenção para estar em condições de receber um baile. O grande número de moradores de Bomont passando pela porta tinha muito trabalho à espera.

Alguém ligou a música alto e todos se ocuparam com a limpeza. Os alunos passavam o lixo de mão em mão para desocupar o prédio. Os pais varriam o chão. Até mesmo as pequenas Sarah e Amy Warnicker estavam trabalhando, polindo as janelas até que o sol começasse a entrar.

Levou boa parte do dia para todas aquelas pessoas esvaziarem e limparem aquele grande pedaço do moinho, mas o trabalho tinha apenas começado. Não havia nada de festivo nas vigas de madeira e na tinta descascada. Aquilo ia precisar de um pouco mais de atenção.

Etta pegou algumas lâmpadas velhas que tirara do quintal da avó. A mulher tinha ficado animadíssima em doar para a causa, contando à neta sobre o próprio baile de formandos, que acontecera há tanto tempo. As lâmpadas não eram muito elaboradas, estavam apenas presas em vidros de compota. Mas à noite, ajudariam a fazer o velho moinho parecer mágico.

Woody e os amigos estavam em escadas, pendurando cortinas para esconder as partes mais destruídas do moinho e fornecer alguns espaços privados para conversas mais silenciosas. Os pais estavam de olho no que faziam, se assegurando de que tudo ficasse visível da pista de dança. Nada de cantos secretos escuros onde alguém pudesse se meter em confusão. Só porque haviam apoiado o baile não queria dizer que tinham abandonado todas as suas preocupações.

Ren absorvia aquilo tudo, surpreso em como a sensação era boa. Era apenas um baile. Mas em algum lugar do caminho, aquilo tinha se tornado mais importante do que simplesmente se divertir. Ele fazia aquilo por Bomont. Ele fazia aquilo por Ariel.

Ela e Rusty estavam no outro canto com as priminhas de Rusty, enchendo balões. Bem, aquilo não estava indo muito bem. As meninas estavam gastando mais tempo fazendo intervalos para ingerir hélio e falar com vozes engraçadas. Rusty, principalmente, estava se divertindo com vozes de desenho animado, entretendo as meninas. Mas Ariel... ela parecia relaxada pela primeira vez desde que Ren a tinha conhecido. Apenas se divertindo. Sem se preocupar com nada. Aquilo a deixava ainda mais bonita aos olhos dele.

Ren teve de rir quando as quatro meninas começaram a cantar acompanhando uma música da Katy Perry, soando ainda mais estridentes com as vozes de hélio do que a cantora pop conseguia quando cantava no tom mais alto.

— Ei, Willard!

Ren acenou para que o amigo o seguisse até o duto de exaustão que mantinha o ar circulando no galpão.

— O que foi, cara? — perguntou Willard. — Eles precisam de mim para pendurar o globo espelhado.

— Só um segundo. Aquilo pode esperar. Preciso da sua ajuda. — Ren apontou para o duto de exaustão. — Dê uma olhada aqui para mim. Diga o que você vê.

Como o rapaz ingênuo que era, Willard fez exatamente o que Ren pediu. Assim que a cabeça dele estava alinhada com o duto, Ren apertou um botão, mandando um jato forte de ar no rosto de Willard que derrubou o chapéu de cowboy da cabeça do amigo.

— Bem, eita-porra! — exclamou Willard enquanto o ar o empurrava para trás.

Aquilo deu a Ren uma grande ideia para mais tarde. Willard lhe deu um soco no ombro e voltou ao trabalho. Mais um último detalhe para acabar.

O lugar tinha uma aparência melhor do que Ren havia pensado que seria possível. Ele quase não podia dizer que estavam em um velho moinho, o que era exatamente o motivo do trabalho árduo.

Gritos foram ouvidos quando tio Wes entrou pela porta de correr carregando uma grande caixa de papelão sobre a cabeça, como um troféu. Ele abriu a caixa e tirou um grande globo espelhado. A bola passou de uma pessoa à outra até a mesa sobre a qual Willard estava de pé. Ele a pendurou no teto, então fez uma pose como John Travolta em *Os embalos de sábado à noite*, fazendo todos rirem.

O trabalho estava feito. O lugar parecia pronto para o baile que aconteceria mais tarde naquela noite, mas ninguém ainda estava pronto para ir embora. Com a música tocando alto, Ren pegou as priminhas e começou a dançar. Ariel rapidamente se juntou a eles, puxando Rusty para a pista de dança com ela. Wes e Lulu foram os próximos, mostrando aos jovens como se faz.

Logo, todos menos Willard estavam na pista e mesmo ele estava batendo o pé com o ritmo. Era a primeira vez em muito tempo que qualquer um daqueles adultos dançava com os filhos e Ren mal podia acreditar que ele era a pessoa que tinha feito aquilo acontecer.

•••••

As coisas estavam mais sombrias em Bomont. Shaw Moore estava do lado de fora de casa, no balanço enferrujado novamente, olhando fixo para o outro balanço vazio ao lado dele. O reverendo se lembrou de quando Bobby e Ariel brincavam ali, gritando para que ele os empurrasse cada vez mais alto. Na época em que o pai não era capaz de fazer nada errado.

Shaw tinha feito muitas coisas erradas ultimamente. Sempre com as melhores intenções, mas é com boas intenções que dizem que a estrada do inferno está pavimentada. Estava na hora de ele se retratar com os filhos. Os *dois* filhos.

Depois de uma parada rápida, Shaw estava no cemitério de Bomont, andando pelas lápides dos antepassados da cidade. Ele se dirigiu à parte mais recente do jardim, onde as pedras ainda eram novas e a grama ainda estava salpicada de flores. Ele carregava o próprio buquê nas mãos: flores selvagens, para combinar com o jeito selvagem que Shaw costumava apreciar nos filhos.

Shaw ficou parado em frente ao túmulo do filho. ROBERT MOORE, 1990-2007. NOSSO AMADO FILHO E IRMÃO.

Ele colocou o buquê debaixo do nome do filho e fez uma oração pedindo perdão. Mas não a Deus, ele precisava de absolvição do filho cuja memória honrara da forma errada. Shaw prometeu ao filho que melhoraria. Ele começaria por entregar as outras flores que estavam em sua mão: o pequeno buquê combinando com a roupa de baile da filha.

Capítulo 23

A gravata borboleta preta foi mais difícil de colocar do que Ren esperava, mas ele acabou conseguindo. Ajeitou-a mais uma última vez e colocou o paletó marrom avermelhado. Aquele não era, de forma alguma, um smoking tradicional, mas combinava com Ren.

Ele estava pronto para aquela noite. De alguma forma, aquilo tinha se tornado mais do que um baile, e não só por seu significado para a cidade. Era importante para Ren também. Os colegas o acolheram por proporcionar aquela noite a eles. Agora, tudo precisava ser perfeito.

Cheio de entusiasmo, ele saiu do quarto ao lado da garagem para se juntar ao resto da família no quintal. Ren tinha pensado em não jantar, mas Lulu não permitiu. O sobrinho estivera ocupado demais para comer comida de verdade o dia inteiro. E precisava de algo no estômago se pretendia dançar a noite toda.

Ele se aproximou da mesa do lado de fora da casa ao som de incentivos e adoráveis assobios das jovens primas. Tia Lulu estava muito impressionada.

— Olhe só para você! Oh, Ren, você está *fantástico*.

— Uau! Você está elegante, Ren! — disse Sarah.

— Quero ir ao baile — disse Amy, dançando sobre a cadeira.

— Cuidado, Amy — advertiu Ren, enquanto a tirava de cima da cadeira. — Você ainda está em Bomont. Nada de dança.

Ren percebeu o tio olhando-o de cima a baixo.

— Entendi o que você está fazendo — disse Wes. — Um terno de duas cores. Isso não funcionaria em mim. As pessoas achariam que eu simplesmente vesti a calça errada.

Agora Ren estava preocupado com a possibilidade de a escolha não ter sido feliz.

— O quê? Você não acha que funciona?

— Você faz funcionar — disse Wes, balançando a cabeça orgulhosamente. — Como com todas as outras coisas. O carro. O conselho. Essa gravata borboleta.

— Eu gosto da gravata borboleta — disse Amy.

Ren mal tinha se sentado quando Lulu amarrou um enorme babador em volta do pescoço dele. As meninas caíram na gargalhada. Até mesmo Wes se divertiu. Ren fez pose com o "modelito" para Sarah e Amy.

— O que vocês acham, meninas? Devo usar no baile? O babador com os hipopótamos cor-de-rosa?

Wes estava rindo com elas agora.

— Bem, ninguém mais estará vestindo um igual.

— Não quero que nada caia em suas roupas — disse Lulu. — Você está tão bonito. Não me deixe esquecer de tirar uma foto.

Ele se asseguraria de lembrá-la. Ninguém tinha pedido para tirar uma foto dele fazia um bom tempo. Ren não conseguia se lembrar da última vez que teve uma noite da qual gostaria de recordar.

Wes esticou as mãos.

— Certo, Amy. Por que você não faz a oração?

A família toda deu as mãos, mas Ren interrompeu antes que a pequenina pudesse dizer algo.

— Ei, hum, Amy? Desculpe interromper, mas acho que pensei em algo. Você se importa se eu tentar?

— Já estava mais do que na hora — respondeu Amy, suspirando com um alívio melodramático.

Ren fechou os olhos e procurou as palavras corretas. Aquele pensamento tinha ocorrido repentinamente. Não havia planejado nada para dizer. É claro que já ouvira preces suficientes em volta da mesa nos últimos meses para saber o básico, mas Ren tinha algo mais pessoal em mente.

— Querido Deus — começou ele —, obrigado pela comida que estamos prestes a comer. Sei que não falo com você há muito tempo. E da última vez que falei, bem, posso ter dito palavras não muito gentis. Mas as coisas estão melhores agora. Estou morando com minha família. Tenho duas pequenas cúmplices no crime que me ajudam toda manhã com meus cabelos. Mas eu as ajudo com as tranças, então estamos quites.

Sarah e Amy deram risadinhas. Ele fez uma pausa para se recompor. A última coisa que queria dizer não era tão fácil de ser dita em voz alta em frente à família, mas Ren precisava fazer aquilo. Precisava que eles escutassem.

— E, Deus, se você alguma hora encontrar com a minha mãe, diga a ela que estava certa. Meu lugar é aqui. Meu lugar é em Bomont.

O silêncio em volta de Ren lhe disse que ele tinha acertado em cheio. Mas o silêncio se esticou um pouco mais do que era confortável.

Ren inclinou o corpo na direção de Amy.

— O que eu falo agora? — sussurrou ele para a prima.

— Diga amém — respondeu ela.

— Amém.

• • • • •

Ela deveria ter usado o roxo. Ou o prateado. Algo mais chamativo que se ajustasse melhor ao seu corpo. E os cabelos, por que os tinha prendido? Ela quase nunca os usava preso. Para uma garota que normalmente tinha tanta certeza de cada passo que dava, Ariel estava tendo muito trabalho para se arrumar para um simples baile.

A verdade é que nada era simples com relação àquele baile. Era provavelmente o primeiro e o último do tipo, pelo menos para ela. Não ficaria surpresa se Andy Beamis alugasse o depósito para a escola todos os anos. Talvez até montasse um salão para casamentos e coisas do gênero. Mas aquela era a única vez que ela se imaginara indo a um baile antes de se formar. Tinha que ser especial.

No espelho, Ariel viu um movimento por cima do ombro. Há quanto tempo a mãe estava parada na porta do quarto observando-a? Provavelmente tempo suficiente para pensar que a filha tinha ficado louca.

— Você está deslumbrante — disse ela.

— Está bom? — perguntou Ariel. — Não está muito simples?

— Querida, simples e elegante é uma combinação que se deve almejar, não repelir — disse sua mãe.

Ariel olhou bem para si mesma. O vestido rosa-claro realmente estava bonito. As alças finas o faziam parecer delicado e sexy ao mesmo tempo. Mas e os cabelos?

— Meus cabelos deveriam ficar presos? — perguntou Ariel. — Eu coloquei um grampo atrás.

— Presos. Definitivamente presos. — A mão de Vi domou alguns fios rebeldes dos cabelos da filha. — Depois de uma noite de dança, eles vão acabar se soltando, de qualquer forma. Mas você não pode ir a um baile sem um minibuquê.

Ariel não tinha notado as flores na mão da mãe até que ela as mostrou. Lágrimas se formaram nos olhos das duas. As rosas cor-de-rosa combinavam perfeitamente com o vestido.

— É lindo. Você não precisava fazer isso.

A mãe sorriu.

— E não fiz.

Agora as lágrimas realmente ameaçaram escorrer. Ela não podia deixar aquilo acontecer; arruinaria o rímel. Ariel respirou fundo algumas vezes para se acalmar, então foi ver o pai. Ele estava no escritório, sentado em frente à velha máquina de escrever elétrica que usava algumas vezes para digitar os sermões. O olhar no rosto dele ao ver a filha ameaçou trazer as lágrimas de Ariel de volta na mesma hora. Ele não olhava daquela forma para ela há muito tempo.

— Nada de botas vermelhas? — perguntou ele.

— Não hoje à noite. — Ela esticou o buquê. — Você pode me ajudar a prendê-lo?

Moore se levantou. Ele pegou o arranjo, mas ficou segurando a mão da filha.

— Não é esse tipo de arranjo. É para colocar em volta do pulso. — Ele passou a tira de pano em volta da mão da filha. — Pronto.

Perto daquele jeito, Ariel podia sentir o cheiro da colônia do pai. O aroma sempre a fazia se lembrar de Bobby. Ele costumava pegar o perfume escondido do pai quando eram pequenos e passar muito mais do que uma pessoa daquela idade poderia precisar. O pai reclamava com ele por desperdiçar a colônia, mas sempre com uma risada na voz.

— Você não entende como é difícil para mim deixá-la sair por aquela porta — disse o pai. — Só quero o que todos os pais querem: que os filhos voltem para casa em segurança.

Ariel podia ver nos olhos dele o quanto o pai estava se esforçando. Mas ela também reconheceu que ele estava começando a entender que a filha nunca poderia voltar para casa em segurança se ele, antes de tudo, não a deixasse sair.

— Sei que tem sido difícil para você — disse ela, com a voz embargada. As lágrimas corriam livremente agora. — E sei que não tornei nada mais fácil. Apenas não quero que você se decepcione mais comigo.

O pai pegou um lenço e limpou cuidadosamente as lágrimas do rosto da filha.

— De forma alguma, você é meu anjo. E sempre vou amá-la. *Sempre*.

Ele abraçou a filha. Ela respirou fundo para levar o cheiro da colônia consigo enquanto estavam unidos naquele abraço apertado, balançando delicadamente.

— Ei, pai, adivinhe só? Estamos dançando.

Aquilo levou um sorriso ao rosto do reverendo. Eles balançaram mais um pouco, aproveitando o momento que estavam compartilhando e que teria de acabar tão cedo.

— Certo — disse ele, relutantemente soltando-a quando olhou pela janela e viu o velho carro caindo aos pedaços de Ren encostando. — Não podemos deixar seu cavalheiro esperando.

Ela o beijou na bochecha.

— Obrigada, pai.

Eles saíram do hall e Ariel se despediu dos pais. Ela já havia saído pela porta da frente e a fechado antes que Ren conseguisse chegar à entrada da casa.

Ele ficou surpreso com a aparição repentina de Ariel.

— Eu ia até a porta e... — Então ele realmente a viu e parou no meio da frase. — Uau.

— O quê? — Ela checou o vestido para ver se algo estava errado. — Qual é o problema?

— Você está linda.

Oh. Ariel já tinha ouvido aquilo antes. Mas aquela foi a primeira vez em que ela realmente acreditou.

— Mesmo?

— Com certeza.

Ren deu o braço a ela e a levou até o Fusca. Aquilo era uma mudança bem-vinda em comparação ao que ela estava acostumada. Com um floreio, ele se curvou e foi abrir a porta do carona para ela.

A porta não se moveu.

— Está trancada? — perguntou Ariel.

Ren continuou brigando com a maçaneta.

— Não... está apenas emperrada. Achei que a tinha consertado.

Parecia que ele ia se machucar.

— Ren, está tudo bem. Posso entrar pela sua porta.

Ele puxou a porta com mais força.

— Não, não quero que você faça isso.

Ren era tão doce, mas aquilo estava começando a ficar verdadeiramente constrangedor. Por sorte, Ariel viu uma solução.

— Certo, pare. Me dê a mão.

Ela esticou a mão e apontou com a cabeça para a janela aberta do carro.

Ren entendeu a mensagem. Com um sorriso largo, ele a levantou delicadamente pelos braços e passou os pés de Ariel para dentro da janela.

Ariel deslizou para dentro do carro sem fazer esforço, tomando cuidado para que o vestido não ficasse preso em nada. Assim que ela estava sentada firmemente, Ren deu a volta correndo até o lado do motorista e pulou atrás do volante.

Eles estavam a caminho.

Capítulo 24

Iluminado como estava, com as lâmpadas de vidro de compota branco em volta da entrada para o depósito, o Moinho de Algodão Beamis não se parecia em nada com o que era no dia anterior. Foi como se Ren e Ariel tivessem sido transportados para algum lugar completamente diferente quando pararam em frente ao prédio. Algum lugar mágico.

Do lado de dentro, os alunos da Bomont High pareciam ainda mais mágicos, transformados por vestidos elegantes e smokings alinhados, tão chiques quanto em qualquer cidade grande. Uma música lenta tocava nos alto-falantes: "Almost Paradise". Era quase perfeito.

A não ser pelo fato de nenhuma pessoa estar na pista de dança. Eles estavam todos agrupados em rodinhas nas bordas do salão, evitando o centro como se fosse um campo minado. O único movimento era do globo espelhado que girava sobre as cabeças dos jovens.

Ren temeu pelo pior. Será que o conselho municipal os tinha convencido? Os pais? Será que algo estava errado?

— O que está acontecendo? Por que ninguém está dançando?

— Eles estão com medo. Aposto que é a primeira vez deles em um baile. — Ariel puxou a mão de Ren. — Venha. Vamos mostrar a eles como é que se faz. Dance comigo.

Ren quase riu. Depois de tudo por que tinha passado, nunca imaginou que alguém naquela cidade poderia simplesmente estar inseguro em relação a dançar. Mas aquela noite era mais do que um baile; era um acontecimento. Um evento no qual aqueles jovens não tinham absolutamente nenhuma experiência.

Ele acompanhou Ariel até a pista de dança, parando brevemente no caminho para uma conversa rápida com Woody.

— Pelo que parece — disse Ren —, sua linha ofensiva não tem nenhuma determinação. Agora leve seu time para o campo, capitão.

Woody sorriu.

— Positivo. — Ele se virou para Etta, que estava parada ao lado da bacia de ponche, e se curvou formalmente para seu par. — Com sua licença, preciso dar alguns cascudos.

— À vontade — respondeu Etta com um aceno delicado.

Ren e Ariel entraram na pista de dança sozinhos, enquanto Woody se esforçava para lhes arrumar alguma companhia. Ele se aproximou de oito dos jogadores do time.

— Certo, juntem-se. — Eles fizeram o que o capitão mandou, formando um círculo apertado, como se estivessem no campo. — Vocês estão vendo aquelas mulheres ali? — Woody apontou para os pares deles, que tinham se separado dos rapazes no momento em que entraram no salão. As garotas todas fingiram que não sabiam que eram o assunto da conversa do outro lado do salão. — Elas não estão buscando um first down ou mesmo um touchdown. Elas querem que alguns homens assumam o controle e as convidem para dançar. Agora, vocês vão ficar sentados no banco, ou vão criar coragem?

A formação dispersou enquanto a linha ofensiva cruzava a pista de dança na direção das namoradas. Woody esticou a mão para Etta.

— Minha dama?

Etta aceitou a mão dele.

— Meu cavalheiro.

Ren e Ariel compartilharam um sorriso enquanto mais casais se juntavam a eles na pista de dança. Assim que o time de futebol entrou em campo, outras pessoas os seguiram em pares e grupos de quatro, dançando a música lenta.

•••••

Do lado de fora do baile, Willard esticou a mão para ajudar Rusty a descer da caminhonete. Ela sempre fora o tipo de garota de quem ele poderia ser amigo, mas naquela noite, pela primeira vez, ele a via como uma mulher. Aquilo não tinha nada a ver com o vestido, a maquiagem ou os cabelos; era, na verdade, mais a mudança em Willard. Ele finalmente a via com os olhos certos.

Willard estava bem bonito, por sua vez, com um smoking de estilo country, a gravata preta e um chapéu de cowboy combinando.

— Sabe — disse Rusty, enquanto descia da caminhonete —, quando você me disse que ia usar um chapéu de cowboy, eu não sabia muito bem como me sentiria em relação a isso.

Ele deu um passo para trás para ela poder ver o conjunto.

— Bem, agora que você me viu usando o chapéu, qual é o veredito?

Ela se aproximou dele.

— Acho que você está mais sexy que um galo de meias.

Willard quase ficou sem palavras, mas conseguiu dar uma resposta.

— Essa deve ser a coisa mais gentil que você já me disse.

— Bem, é de coração. — Ela o abraçou e complementou. — Garanhão.

O ronco de um motor acabou com o momento deles. Uma caminhonete familiar parou no estacionamento. Chuck estava ao volante. Seus seguidores, Rich, Russel e Travis, desceram do banco traseiro assim que o veículo parou. Nenhum deles estava vestido para o baile.

— Não se esqueça do que você prometeu — sussurrou Rusty baixinho para Willard. — Nada de briga.

— Ei, Willard — disse Chuck, enquanto saía da caminhonete. — Você está uma gracinha hoje.

Willard cerrou os dentes e se recusou a perder a paciência.

— O que posso fazer por você, Chuck?

Foi Russel quem respondeu.

— Temos uns negócios para resolver com nosso amigo McCormack.

— Qual é, rapazes — disse Willard, tentando conter a raiva. — Peguem leve. Nada de brigas esta noite.

Chuck se aproximou dele.

— Entendi. Nada de brigas. — A mão dele voou até o rosto de Willard, derrubando o chapéu da cabeça do rapaz. — Mas nós certamente não viemos aqui para dançar.

Willard cerrou os dentes para segurar as coisas que queria dizer. Insultos não ajudariam. Ele pegou o chapéu do chão e sacudiu a poeira.

— Bem, camaradas, foi isso o que viemos fazer aqui, então vocês vão ter de nos dar licença.

Willard pegou Rusty delicadamente pelo braço e começou a guiá-la na direção da porta, mas Russel e Rich bloquearam o caminho. Ele respirou fundo e soltou o braço de Rusty, não querendo deixá-la no meio do que estava prestes a acontecer. Willard não tinha nenhuma intenção de brigar, mas não podia dizer o que Chuck e os comparsas fariam.

— Quer saber de uma coisa? — falou Willard. — Isso não quer dizer que vocês não possam se divertir. Me parece que vocês têm dois casaizinhos formados.

O soco inesperado de Chuck no estômago de Willard o pegou desprevenido. O babaca ficou rindo enquanto Willard caía de joelhos.

Rusty correu para o lado do par, mas Rich e Travis a agarraram. Eles a arrastaram para longe enquanto Russel dava um soco no rosto de Willard.

— Para com isso! — gritou Rusty, enquanto lutava contra eles. — Me solta! Willard!

Willard estava ajoelhado. O mundo girava, mas ele tinha prometido que não brigaria.

— O que você quer que eu faça? — perguntou ele a Rusty. — Eles começaram isso.

— Acabe com isso! — gritou ela. — Mate estes filhos da puta!

Aquilo era tudo que Willard precisava escutar. Ele passou os punhos por debaixo das pernas de Russel e se jogou sobre Chuck, batendo com o otário contra a caminhonete.

Rusty estava lutando também, esperneando e pisando nos sujeitos que a estavam segurando. Ela mordeu o braço de Rich. Ele gritou como uma menininha.

• • • • •

Um guincho agudo surgiu no silêncio entre as músicas. Algo estava errado do lado de fora. Ren rápida e calmamente foi checar o que estava acontecendo. Apesar de ter dito a Ariel para ficar onde estava, ela o seguiu a cada passo do caminho. Os dois não tinham dúvida quanto ao que encontrariam.

As suspeitas foram confirmadas assim que saíram pela porta. Willard e Rusty estavam se virando, mas em menor número.

Ren equilibrou as coisas um pouco, gritando o nome de Chuck.

— O que houve, pé de valsa? — perguntou Chuck. — Venha até aqui levar uma surra.

Ren correu diretamente para ele.

— É, você é um grande herói quando são quatro contra um.

Ele colidiu com Chuck, jogando os dois no chão, rolando no cascalho. Rich e Travis soltaram Rusty para poderem entrar na briga contra Ren e Willard.

Chuck pegou um pé de cabra e atacou Ren, que desviou, evitando cada golpe do metal com movimentos de pé elaborados.

Willard derrubou Rich no chão com as mãos antes de bater Travis contra um carro que estava ao lado, fazendo-o perder o fôlego. Travis caiu no chão. Ele não se levantou.

— É isso aí! — gritou Rusty para o par. — Acaba com a raça dele, Willard!

As garotas estavam distraídas com a luta e não viram Russel apanhar um tijolo caído. Ele estava prestes a acertar Ren pelas costas quando um punho apareceu do nada. Andy Beamis derrubou-o com um único soco.

— Jogue limpo, seu arruaceiro — disse Andy, parado ao lado do adolescente caído, que gemia.

Com os comparsas de Chuck fora da jogada, a briga estava finalmente equilibrada. Apenas Chuck contra Ren. Ou teria sido, se não fosse pelo pé-de-cabra.

Chuck jogou o pé de cabra na cabeça de Ren, então correu na direção dele. Ren desviou da barra de metal voadora e acertou Chuck no meio do caminho com um poderoso chute no maxilar.

Chuck caiu de joelhos. Ele mal podia manter os olhos abertos enquanto tentava se concentrar no oponente.

Ren segurou a parte de trás da cabeça de Chuck e o levantou até que ele ficasse de pé. Ele ergueu o punho, preparando-se para dar um soco.

— A corrida acabou, Chuck. Você quer ver estrelas ou a bandeira quadriculada?

— Vá comer merda, seu filho da...

— Estrelas, então.

O punho de Ren voou, acertando Chuck no queixo com um soco que o mandou cambaleando para trás. Ele caiu no chão com um baque espetacular.

Ariel e Rusty comemoraram, saltando nos braços dos namorados e os cobrindo de beijos da vitória, muito melhores que qualquer coisa que pudessem ganhar no círculo dos vencedores.

Ren se soltou do abraço de Ariel e estendeu a mão para Andy.

— Obrigado, sr. Beamis.

Andy deu um empurrão delicado em Ren na direção da festa.

— Que tal um pouco menos de boxe e um pouco mais de balanço? Parece um necrotério lá dentro.

Ren segurou a mão de Ariel.

— Deixa comigo.

Quando Ren chegou à porta, sua animação tomou conta, abastecida pela adrenalina da briga. Ele soltou a mão de Ariel e correu para a pista de dança.

— Ei, o que está acontecendo? Achei que isso era uma festa. VAMOS DANÇAR!

O DJ tocou a música certa e uma batida familiar saiu das caixas de som. Os casais que estavam balançando lentamente se separaram para poderem se mover. Aqueles que tinham abandonado a pista de dança voltaram, batendo o pé no ritmo da música. A dança era selvagem e frenética.

Willard confiantemente levou Rusty até a pista de dança, colocou o chapéu preto empoeirado na cabeça e sorriu para ela.

— Talvez você queira se afastar, querida. Pode ser que isso saia de controle.

Ele irrompeu em um passo de dança que era em parte uma coreografia country, em parte um quique de hip-hop e talvez um pouco de entusiasmo de menina, cortesia de Sarah e Amy. Rusty não podia acreditar no que estava vendo.

— Eita-porra! — exclamou ela.

Willard se acalmou e segurou a mão de Rusty, rodopiando-a até a pista de dança. O salão explodiu exatamente como Ren dissera que aconteceria, em uma celebração alegre da vida.

Todos estavam se divertindo, dançando com a música e fazendo os outros rirem com passos alucinados. E, sim, talvez tenha havido um pouco de obscenidade e lascívia misturados, mas só um pouco.

Ren tinha mais uma surpresa nas mangas do paletó.

— Willard, você está pronto?

— Vamos fazer isso!

Cada um deles pegou um balde cheio de confete colorido e o jogou no duto de exaustão. Ren acionou a máquina que ligava a ventilação e mandou o confete voando sobre a pista de dança. Estava chovendo sobre os dançarinos como poeira mágica, a forma perfeita de terminar uma noite que nenhum deles jamais esqueceria.

Todos gritaram e aplaudiram. Começaram uma coreografia atrás de Ren, enquanto ele dançava de um lado ao outro da pista de dança, cumprimentando Willard e Woody e guardando um enorme sorriso para Ariel ao chegar até ela no lado oposto do salão.

Ren não era mais um estranho em Bomont. Ele não era mais um forasteiro.

A música que tinha começado a trágica história acabava com ela em liberdade extasiante. Todos no local sabiam a letra e cantavam juntos.

Everybody cut — Footloose!

Este livro foi composto na tipologia Chaparral Pro,
em corpo 11,5/15,8, impresso em papel off-white 80g/m²,
no Sistema Cameron da Divisão Gráfica
da Distribuidora Record.